U0477257

杭州优秀传统文化丛书
Hangzhou Youxiu Chuantong Wenhua Congshu

弄潮诗韵绕钱塘

考拉看看 —— 编著

龚雯 周华婕 —— 执笔

杭州出版社

图书在版编目（CIP）数据

弄潮诗韵绕钱塘 / 考拉看看编著；龚雯, 周华婕执笔. -- 杭州：杭州出版社, 2021.12
（杭州优秀传统文化丛书）
ISBN 978-7-5565-1556-1

Ⅰ. ①弄… Ⅱ. ①考… ②龚… ③周… Ⅲ. ①诗词—作品集—中国—古代 Ⅳ. ①I222

中国版本图书馆 CIP 数据核字（2021）第 161031 号

Nongchao Shiyun Rao Qiantang

弄潮诗韵绕钱塘

考拉看看　编著　龚　雯　周华婕　执笔

责任编辑	齐桃丽
文字编辑	何智勇
装帧设计	章雨洁
美术编辑	祁睿一
责任校对	魏红艳
责任印务	姚　霖
出版发行	杭州出版社（杭州市西湖文化广场32号6楼）
	电话：0571-87997719　邮编：310014
	网址：www.hzcbs.com
排　　版	浙江时代出版服务有限公司
印　　刷	天津画中画印刷有限公司
经　　销	新华书店
开　　本	710 mm×1000 mm　1/16
印　　张	12
字　　数	151千
版 印 次	2021年12月第1版　2021年12月第1次印刷
书　　号	ISBN 978-7-5565-1556-1
定　　价	55.00元

（版权所有　侵权必究）

序言

文化是城市最高和最终的价值

我们所居住的城市，不仅是人类文明的成果，也是人们日常生活的家园。各个时期的文化遗产像一部部史书，记录着城市的沧桑岁月。唯有保留下这些具有特殊意义的文化遗产，才能使我们今后的文化创造具有不间断的基础支撑，也才能使我们今天和未来的生活更美好。

对于中华文明的认知，我们还处在一个不断提升认识的过程中。

过去，人们把中华文化理解成"黄河文化""黄土地文化"。随着考古新发现和学界对中华文明起源研究的深入，人们发现，除了黄河文化之外，长江文化也是中华文化的重要源头。杭州是中国七大古都之一，也是七大古都中最南方的历史文化名城。杭州历时四年，出版一套"杭州优秀传统文化丛书"，挖掘和传播位于长江流域、中国最南方的古都文化经典，这是弘扬中华优秀传统文化的善举。通过图书这一载体，人们能够静静地品味古代流传下来的丰富文化，完善自己对山水、遗迹、书画、辞章、工艺、风俗、名人等文化类型的认知。读过相关的书后，再走进博物馆或观赏文化景观，看到的历史遗存，将是另一番面貌。

过去一直有人在质疑，中国只有三千年文明，何谈五千年文明史？事实上，我们的考古学家和历史学者一直在努力，不断发掘的有如满天星斗般的考古成果，实证了五千年文明。从东北的辽河流域到黄河、长江流域，特别是杭州良渚古城遗址以4300—5300年的历史，以夯土高台、合围城墙以及规模宏大的水利工程等史前遗迹的发现，系统实证了古国的概念和文明的诞生，使世人确信：这里是古代国家的起源，是重要的文明发祥地。我以前从来不发微博，发的第一篇微博，就是关于良渚古城遗址的内容，喜获很高的关注度。

我一直关注各地对文化遗产的保护情况。第一次去良渚遗址时，当时正在开展考古遗址保护规划的制订，遇到的最大难题是遗址区域内有很多乡镇企业和临时建筑，环境保护问题十分突出。后来再去良渚遗址，让我感到一次次震撼：那些"压"在遗址上面的单位和建筑物相继被迁移和清理，良渚遗址成为一座国家级考古遗址公园，成为让参观者流连忘返的地方，把深埋在地下的考古遗址用生动形象的"语言"展示出来，成为让普通观众能够看懂、让青少年学生也能喜欢上的中华文明圣地。当年杭州提出西湖申报世界文化遗产时，我认为是一项需要付出极大努力才能完成的任务。西湖位于蓬勃发展的大城市核心区域，西湖的特色是"三面云山一面城"，三面云山内不能出现任何侵害西湖文化景观的新建筑，做得到吗？十年申遗路，杭州市付出了极大的努力，今天无论是漫步苏堤、白堤，还是荡舟西湖里，都看不到任何一座不和谐的建筑，杭州做到了，西湖成功了。伴随着西湖申报世界文化遗产，杭州城市发展也坚定不移地从"西湖时代"迈向了"钱塘江时代"，气势磅礴地建起了杭州新城。

从文化景观到历史街区，从文物古迹到地方民居，众多文化遗产都是形成一座城市记忆的历史物证，也是一座城市文化价值的体现。杭州为了把地方传统文化这个大概念，变成一个社会民众易于掌握的清晰认识，将这套丛书概括为城史文化、山水文化、遗迹文化、辞章文化、艺术文化、工艺文化、风俗文化、起居文化、名人文化和思想文化十个系列。尽管这种概括还有可以探讨的地方，但也可以看作是一种务实之举，使市民百姓对地域文化的理解，有一个清晰完整、好读好记的载体。

传统文化和文化传统不是一个概念。传统文化背后蕴含的那些精神价值，才是文化传统。文化传统需要经过学者的研究提炼，将具有传承意义的传统文化提炼成文化传统。杭州在对丛书作者写作作了种种古为今用、古今观照的探讨交流的同时，还专门增加了"思想文化系列"，从杭州古代的商业理念、中医思想、教育观念、科技精神等方面，集中挖掘提炼产生于杭州古城历史中灵魂性的文化精粹。这样的安排，是对传统文化内容把握和传播方式的理性思考。

继承传统文化，有一个继承什么和怎样继承的问题。传统文化是百年乃至千年以前的历史遗存，这些遗存的价值，有的已经被现代社会抛弃，也有的需要在新的历史条件下适当转化，唯有把传统文化中这些永恒的基本价值继承下来，才能构成当代社会的文化基石和精神营养。这套丛书定位在"优秀传统文化"上，显然是注意到了这个问题的重要性。在尊重作者写作风格、梳理和讲好"杭州故事"的同时，通过系列专家组、文艺评论组、综合评审组和编辑部、编委会多层面研读，和作者虚心交流，努力去粗取精，古为今用，这种对文化建设工作的敬畏和温情，值得推崇。

人民群众才是传统文化的真正主人。百年以来，中华传统文化受到过几次大的冲击。弘扬优秀传统文化，需要文化人士投身其中，但唯有让大众乐于接受传统文化，文化人士的所有努力才有最终价值。有人说我爱讲"段子"，其实我是在讲故事，希望用生动的语言争取听众。今天我们更重要的使命，是把历史文化前世今生的故事讲给大家听，告诉人们古代文化与现实生活的关系。这套丛书为了达到"轻阅读、易传播"的效果，一改以文史专家为主作为写作团队的习惯做法，邀请省内外作家担任主创团队，组织文史专家、文艺评论家协助把关建言，用历史故事带出传统文化，以细腻的对话和情节蕴含文化传统，辅以音视频等其他传播方式，不失为让传统文化走进千家万户的有益尝试。

中华文化是建立于不同区域文化特质基础之上的。作为中国的文化古都，杭州文化传统中有很多中华文化的典型特征，例如，中国人的自然观主张"天人合一"，相信"人与天地万物为一体"。在古代杭州老百姓的认知里，由于生活在自然天成的山水美景中，由于风调雨顺带来了富庶江南，勤于劳作又使杭州人得以"有闲"，人们较早对自然生态有了独特的敬畏和珍爱的态度。他们爱惜自然之力，善于农作物轮作，注意让生产资料休养生息；珍惜生态之力，精于探索自然天成的生活方式，在烹饪、茶饮、中医、养生等方面做到了天人相通；怜惜劳作之力，长于边劳动，边休闲娱乐和进行民俗、艺术创作，做到生产和生活的和谐统一。如果说"天人合一"是古代思想家们的哲学信仰，那么"亲近山水，讲求品赏"，应该是古代杭州人的生动实践，并成为影响后世的生活理念。

再如，中华文化的另一个特点是不远征、不排外，这体现了它的包容性。儒学对佛学的包容态度也说明了这一点，对来自远方的思想能够宽容接纳。在我们国家的东西南北甚至是偏远地区，老百姓的好客和包容也司空见惯，对异风异俗有一种欣赏的态度。杭州自古以来气候温润、山水秀美的自然条件，以及交通便利、商贾云集的经济优势，使其成为一个人口流动频繁的城市。历史上经历的"永嘉之乱，衣冠南渡"，"安史之乱，流民南移"，特别是"靖康之变，宋廷南迁"，这三次北方人口大迁移，使杭州人对外来文化的包容度较高。自古以来，吴越文化、南宋文化和北方移民文化的浸润，特别是唐宋以后各地商人、各大商帮在杭州的聚集和活动，给杭州商业文化的发展提供了丰富营养，使杭州人既留恋杭州的好山好水，又能用一种相对超脱的眼光，关注和包容家乡之外的社会万象。这种古都文化，也代表了中华文化的包容性特征。

城市文化保护与城市对外开放并不矛盾，反而相辅相成。古今中外的城市，凡是能够吸引人们关注的，都得益于与其他文化的碰撞和交流。现代城市要在对外交往的发展中，进行长期和持久的文化再造，并在再造中创造新的文化。杭州这套丛书，在尽数杭州各色传统文化经典时，有心安排了"古代杭州与国内城市的交往""古代杭州和国外城市的交往"两个选题,一个自古开放的城市形象,就在其中。

"杭州优秀传统文化丛书"在传统和现代的结合上,想了很多办法,做了很多努力,他们知道传统文化丛书要得到广大读者接受,不是件简单的事。我们已经走在现代化的路上,传统和现代的融合,不容易做好,需要扎扎实实地做,也需要非凡的创造力。因为,文化是城市功能的最高价值,也是城市功能的最终价值。从"功能城市"走向"文化城市",就是这种质的飞跃的核心理念与终极目标。

2020 年 9 月

(单霁翔,中国文物学会会长)

西湖雨泛图（局部）

目 录

第一编
钱塘江

- 002　江潮滚滚，震颤云霄
- 021　潮水如雪，白浪滔天
- 039　两岸风光，杭州盛景
- 055　月夜看水，钱塘风韵
- 068　江中弄潮，趣味民俗

第二编
富春江

- 078　风平浪静，水波不兴
- 095　水面开阔，大江东流
- 107　船行富春，渔家风景
- 129　七里浅滩，水路难行
- 138　千年钓翁，十里将台

第三编
新安江

156　江水清澈，天下独绝
161　山高滩险，汀洲难行
167　徽杭之界，渔人之乐

第一编

钱塘江

江潮滚滚,震颤云霄

钱塘江贯穿杭州市,滚滚向东注入东海,在入海口形成钱塘江潮这一千古奇观。从古到今,它引来无数人争睹其风采。海潮到来前,远处先呈现出一个细小的白点,转眼间就变成一缕银线,伴随着一阵阵闷雷般的响声,汹涌的潮水才翻滚而至。这震耳欲聋的潮声也是钱塘江一绝,来此观潮的不少文人都有诗篇记录此声,有人说它像是战场锵鸣的金戈铁马,也有人说它如同万马奔腾的滔天巨响,还有人说这是来自潮神的怒吼。直到今天,人们都渴望能从这些潮水、这些笔力千钧的文字中听到历史的喟叹。

一、惊天动地驱山去

摸鱼儿·观潮上叶丞相
〔南宋〕辛弃疾①

望飞来半空鸥鹭,须臾动地鼙鼓。截江组练驱山去,鏖战未收貔虎。朝又暮。诮惯得、吴儿不怕蛟龙怒。风波平步。看红旆惊飞,跳鱼直上,蹙踏浪花舞。　凭谁问,万里长鲸吞吐,人间儿戏千弩。滔天力倦知何事,白马素车东去。堪恨处,人道是、属镂怨愤终千古。功名自误。谩教得陶朱,五湖西子,一舸弄烟雨。

---

① 辛弃疾(1140—1207),原字坦夫,后改字幼安,中年后别号稼轩居士。

钱塘江秋潮雄伟壮观，来时气势惊天动地。潮水的汹涌澎拜似乎亘古如一，可在不同观潮人眼中，它的模样亦千变万化。有的人，潮水的声势会震慑他，惊得他冷汗涔涔。而有的人，如"醉里挑灯看剑"的辛弃疾，潮水越汹涌，就越激发他的豪情壮志。

南宋淳熙元年（1174）秋，辛弃疾赶赴临安（今浙江杭州），在钱塘江边观潮。这一年，他正当而立，年富力强。又在春天的时候被丞相叶衡推荐，任有实权的从六品仓部郎官。此时的他正意气风发，豪情满怀。

以豪眼观潮，潮水亦慷慨纵横。

辛弃疾站在江边，静待潮水奔涌而来。此时，一大群白色鸥鹭在半空中翱翔，铺天盖地，气势惊人。他感到很奇怪：潮水将至，绝不是捕食的好时候，这些鸥鹭怎么不在陆上休息，反而聚集在江面？他再仔细一看，原来那不是鸥鹭，而是奔腾的江潮。因风吹潮涌，水花四溅，那片雪白看着像鸥鹭一样。

潮水来得极快，刹那间就从入海口推到江中。大地在颤动，波涛声像擂动的战鼓般轰鸣，又像吹响了征伐的号角。那横截江面的波峰如同千万骑着白马的兵将，他们身披银甲，挥舞着轻泛冷光的长刀，将雪色山峰驱赶而来。江潮翻涌，气势排山倒海，好似要鏖战不休。两军对冲，兵将如狼似虎，呐喊声不断，誓要把敌人的胆吓破。铁骑踏在大地上，踏起阵阵烟尘，遮天蔽日，将白昼变作黄昏。

潮水汹涌澎湃，弄潮儿钱江和他的兄弟们却浑然不惧。他们常年戏水弄潮，早就对像蛟龙一样翻滚的波涛习以为常。他们为了今年八月十八祭祀潮神，已经准备许久，誓要拔得头筹。

江浙一带自古以来就有弄潮的习俗。唐朝诗人孟郊曾在《送淡公》中记载该情景："……饮则拜浪婆……独速舞短蓑。"宋朝时，每逢八月十八，钱塘江上会有校阅水军的活动，此时也是满城百姓观潮的大好日子。

钱塘江两岸的楼屋早就挤满了前来观潮的人。他们来此不只是为了看壮阔的江潮，更是为了看钱江等弄潮儿与潮水搏斗，评评谁的身手最好。

不消片刻，潮头之上就立着近千名弄潮儿，他们百十成群，手举各色大彩旗、小清凉伞、红绿小伞儿……因所有人都披发文身，穿的衣服也差不多，到了江中极难认出敌友，要靠手中旗帜分辨，所以钱江和他的兄弟们都举着大彩旗，踏浪而行，奋力护着旗子不让它们被水沾湿。

依照弄潮时的规矩，旗帜不被潮水打湿，那就是一件极为荣耀的事。在潮中来去自如，对一般人而言是难事，可在钱塘江边长大的人多是能做到的，并不值得夸耀。而旗帜在江中一不小心就会被打湿，只有护住旗帜才能突显弄潮儿的高强本领，才好向其他人夸耀。

江上都是钱江的对手。下水之前，钱江就估量过对手的实力了，很有几个身手不弱于他的，他必须全力以赴。

青山影影绰绰，一面面颜色鲜艳的旗帜在白浪黄水中翻飞，旗下时不时闪现人影。只见这些弄潮儿争先鼓勇，溯迎而上，有劈波斩浪之势。他们有的一跃而起，立于潮头，引起阵阵欢呼叫好声。有的踏浪而行，身似游龙，好似河神临波。还有的灵巧如摇头摆尾的鱼儿，一溜儿就超过了其他人……

竞争激烈，钱江只得全身心投入弄潮中，再没有心力关注其他。这时一个巨大的潮头打过，眼看就要将钱江扑进水底，引起了岸边观潮人担忧的惊呼。没想到，一转眼钱江竟出现在不远处的潮头上劈波斩浪。原来钱江在看到浪潮的那一瞬间，没有丝毫犹豫，选择迎浪而上，借着水流的力量加快速度，果断翻越两个潮头才现身水面。这般高超的技艺和惊人的胆量顿时引起岸边的阵阵叫好声："好家伙，这反应在整个临安都是少有的，今年说不得就是他夺得头筹了！"

江面辽阔，潮头高涌，反而衬得江中那些鲜艳的旗帜无比渺小。在汹涌江潮中游动的弄潮儿，和自然的力量一对比也是那么弱小。然而，就是这样弱小的人，他们在翻涌的波涛上如履平地，用自己的力量征服了汹涌的江潮。江潮浩浩荡荡，弄潮儿的气势却比江潮更磅礴。

见此情景，辛弃疾也不由得感慨弄潮儿的技术。常人眼里的惊涛骇浪对他们而言就像平湖秋波，只身入潮不是犯险而是如鱼得水。南方男儿水性好，要是整编成军，一定所向披靡。辛弃疾生在北方，北方的人大多水性不好，少有这样能在潮水中游刃有余的。

在他看来，钱塘江潮水的气势惊天动地，就像是雪山倾倒，让他心潮澎湃。他原以为自己会被钱塘江潮折服，没想到更触动他心弦的是弄潮儿。弄潮儿屹立潮头，与风浪波涛搏斗却毫不畏惧。这让他回忆起当年自己率领五十多人袭击几万人的敌营，擒拿叛徒，于重重包围中冲杀而出的场景。这样的热血豪迈，不正与弄潮儿屹立潮头一样吗？

大潮

  江潮澎湃,他的诗情也澎湃。兴奋之下,他一边打着拍子,一边唱道:"望飞来半空鸥鹭,须臾动地鼙鼓。截江组练驱山去,鏖战未收貔虎。"

  他将潮水的颜色比作鸥鹭,写出了水花飞溅的色彩和潮水自天际而来的动态。他将潮水的波峰比作驱山的军队,更表现了潮水来临时地动山摇的雄壮。苏轼也曾这样形容过钱塘江潮。他在《催试官考较戏作》中写道:"鲲鹏水击三千里,组练长驱十万夫。"

  辛弃疾身上有从战火中淬炼出来的豪迈,他笔下的江潮也有军阵那样大开大合的气势。南宋绍兴三十一年(1161),金兵大举侵宋,他聚集两千人反抗金兵,而后擒拿叛徒,在乱军中拼杀而出。南下归宋时,宋高宗赵构也曾称赞他的英勇。

  辛弃疾曾作《美芹十论》《九议》,提出关于抗金北伐的建议。当时的丞相叶衡从中看到了辛弃疾的才干，于是向宋孝宗赵昚推荐他为仓部郎官，希望他能发挥所长，治理荒政，整顿治安。辛弃疾以为这是朝廷重用他的信号，正打算雄心勃勃大干一场，让朝廷更重视他关于北伐的建议。来到临安，看到雄伟壮观的钱塘江潮，他更是满怀豪情，一腔热血都在心中燃烧。

为了表达对叶衡提拔自己的感谢，也表达自己对上战场的渴望，辛弃疾把这首词寄给了叶衡。

叶衡许是被辛弃疾笔下壮阔的钱塘江潮所倾倒，同月，他又将辛弃疾推荐为江西提刑，节制各军队，讨伐起义军。辛弃疾也由此来到战场，再次感受"鏖战未收貔虎"的激烈。

二、万马奔腾晴雷吼

观钱塘江潮
〔明〕冯梦龙①

怒气雄声出海门，舟人云是子胥魂。
天排雪浪晴雷吼，地拥银山万马奔。
上应天轮分晦朔，下临宇宙定朝昏。
吴征越战今何在？一曲渔歌过晚村。

明朝时，钱塘江潮是天下四绝之一，其波涛汹涌声势壮阔，天下皆知。每年八月十八是潮神生日，也是钱塘江潮最壮观的一天。在这一天，杭州民间有观潮、乘舟、赶集诸多习俗，热闹堪比除夕夜和上元节。

清晨时，大潮未到，杭州这座江南小城还未从静谧中苏醒。江岸边有一个叫"团围头"的地方。这是一个伸入钱塘江的岬角，三面临水。其上建有高台，在高台

①冯梦龙（1574—1646），字犹龙，号姑苏词奴、平平阁主人等，明代南直隶苏州府长洲县（今江苏苏州）人。

上可以清楚地看到钱塘江入海口。清晨的日光，辉映着钱塘江上的动人波光，正是一幅天高海阔的图画，这里也因此被赋予"天开图画"的美名。

冯梦龙一早就来到钱塘江畔。时间尚早，他找到一处席棚稍作休息。抬眼望去，江上的晨雾还未完全散开，江边游人零星，渔船也停在码头摇摆。谁又能想到这安静的江景在几个时辰之后会变为惊天动地的场面呢？

冯梦龙想到观潮时钱塘江边一定人头攒动，便暂离席棚，去寻个赏景的好位置。

少时，一对青年男女也来看潮，那少女身穿紫罗杏黄裙，站在席棚下，不与众人一般看江水，反而时不时抬眼看身旁贴着席棚而立的少年。

巳时未到，钱塘江畔的人就多了起来。团围头上已搭建好席棚，席棚中男女老少皆有，或坐或站，充满期待的眼睛都望向水天相接处。

江面广阔，现在望去只能看见略微浑浊的江水与远处影影绰绰的青山。水天相接处薄被似的云似乎即将盖在江面上。风不大，水面没有一丝褶皱，可谁都知道那底下已经潜藏着激烈的暗流，纷纷翘首以盼。

不一会儿，人群就开始躁动了，嘈嘈切切的说话声让人听不真切。冯梦龙正耐着性子观察入海口，一阵隆隆的水声缓缓传来，渐渐盖住了人群的声响。

此时冯梦龙再也听不见周遭的议论声，他的心神全被潮声占据了。

不一会儿，水声轰响，滔滔不绝。潮声先至，而后是翻滚而来的大浪。云层之下，天际线处骤现一道白线。这道白线向江塘快速移来，逐渐拉长，变粗，而后横贯江面。白浪翻滚，形成一堵水墙。水墙越来越近，也越来越高，越来越大，竟成了连绵不绝的山脉，迎面朝人群扑来。

冯梦龙回过神时，潮水已到眼前。

那潮一阵高过一阵，层层涌起，掀起冲天巨浪。水花飞溅，又好似从天而降的一场大雪，笼罩整个世界。此时的潮水声越发大了，如同万里晴空中风雷吼啸，又好似万马奔腾于山谷之中。

冯梦龙被江潮的壮阔声势震慑，全身心沉浸其中，浑然忘我。

潮水渐渐退去了，那震耳的水声也变小了，人群又一点点喧闹起来，好似从雷霆战场回归烟火人家。

冯梦龙听到远处席棚似乎传来阵阵哭声，他心生好奇，便顺着声音凑过去瞧发生了什么。只见团围头上的席棚已倒下，里面的锦幕桌椅全是水迹，乱七八糟地铺了一地。一块略干净的空地上躺着一对年轻男女。他们紧闭双眼人事不省，却依然相拥。两人边上团团围了一群慌乱的人，四个明显是两人父母的中年男女不停地哭喊，呼唤孩子的名字。

冯梦龙跟身边的人打听情况，那人说："那小姐是城中名门喜家的女儿，那男子是钱塘门外杂货铺子乐家的儿子。今年潮头比往年大，打到了岸上，冲倒了席棚。喜家女儿在席棚中站不稳，滚进了波浪里。乐家儿子不知怎么回事，也随着跌倒在水里。"

冯梦龙在一旁听着周围的乡邻七嘴八舌，只听一人插话道："还能怎么回事儿，那乐家儿子和那喜家女儿一道来看潮，想必早已互生欢喜，不过是搭救不成罢了。"

"据说那喜家可不愿应允这门亲事。出了这事，他们悬赏救女儿，却没想到救上来一双。我刚才瞧见，那双可怜人儿被救上来时都昏迷不醒，可那乐家儿子还将喜家小姐护在怀里，拉都拉不开，真是可叹呀！"

这厢冯梦龙从旁人的三言两语中听得一个凄美的爱情故事，那厢喜、乐两家的人唤了好半天都不见儿女回应，郎中又迟迟不来，绝望之际，喜家老爷便松口许诺两人的婚事，希望自家女儿莫要赌气，快快回到人间。

话一出口，那年轻男女竟双双醒转过来了，各自拧干衣服，雇了轿子回家去了。观潮的人群散去，江上悠悠地漂着一只小船，朦胧中传出清亮的渔歌。

人生大事无非生死，王侯将相、功名利禄不过是过眼云烟。吴越酣战十载，就算是当年叱咤风云的吴王、越王，如今也只留下荒冢枯坟。冯梦龙年少的时候感慨韶华易逝，功名难求，可转念一想，时光匆匆就如钱塘江潮，轰烈之后留下的依然是渔村向晚的平静。

冯梦龙原以为震撼人心的是钱塘江潮的壮阔和震天的潮声，实际上，这江潮一来一去诠释的世间真理更是让人赞叹。于是他写下诗句："上应天轮分晦朔，下临宇宙定朝昏。吴征越战今何在？一曲渔歌过晚村。"

在冯梦龙眼中，钱塘潮水就像是一个满怀怒气的虬髯大汉冲着江塘狂奔而来,气血喷涌,虎虎生风。怒到极致之时,用尽力气大吼一声,天地都随之崩裂。

诗中说这潮水是伍子胥含冤带恨的魂魄。

伍子胥对吴国忠心耿耿,却被吴王夫差怀疑,赏赐一把宝剑命令他自杀。他死后,尸骨还被投入钱塘江中。怨愤之下,他的魂魄化作潮神,每年八月十八日就会驾着白马素车立在潮头,向这人间寻求公道。

江潮翻覆似乎能将宇宙太虚颠倒。可是这样的壮阔稍纵即逝,就如同轰轰烈烈的人生放在时间长河中也不过是沧海一粟,多年之后,一切都将化为乌有。

一切重归静谧。冯梦龙想起今日令他最震撼的两件事,一是钱塘江潮万马奔腾晴雷吼,二是喜、乐两家儿女有情人终成眷属。

三、金戈铁马是江潮

浙江亭观潮
〔金〕任询①

海门东向沧溟阔,潮来怒卷千寻雪。浙江亭下击飞霆,蛟鼍争驰奋鬐鬣。巨鹿之战百万集,呼声响震坤轴立。昆阳夜出雨悬河,剑戟奔冲溃寻邑。吴侬稚时学弄潮,形色沮懦心胆豪。青旗出没波涛里,一掷性命轻鸿毛。须臾风送潮头急,乱山稠叠伤心碧。西兴浦口又斜辉,相望会稽云半赤。诗家谁有坡仙笔?称与江山作勍敌。援毫三叫句不成,但觉云涛满胸臆。巨鹿之战百万集,呼声响震坤轴立。

文人的想象精妙绝伦,岑参将一夜吹雪比为千树万

① 任询(1133—1204),字君谟,一作君谋,号南麓先生,易州(今河北易县)军市人。

树梨花开，而金代的一位文人则将震耳欲聋的钱塘江大潮比作激烈的金戈铁马，如此还不罢休，他说非得是当年西楚霸王带领百万雄兵取得巨鹿大捷的壮观才能与大潮匹敌。

如此极尽笔力，不过是因为他被钱塘江潮所震撼，折服于潮来之时响彻云霄的万钧雷霆。

这般形容出自他到钱塘江畔观潮写时的一首诗，那一刻，江水唤起了他的无限感叹。这位诗人就是任询。那时正值秋高气爽，任询回到临安的驿站，对观潮的事情念念不忘，他脑海中响起潮声，眼前是翻涌不息的江潮，情不自禁地写下了："海门东向沧溟阔，潮来怒卷千寻雪……"

江潮滚滚。任询写潮水，也写出了一个时代。

任询的父亲曾远道而来江浙一带，这里也是他的目的地。到临安后，任询迫不及待地前往西兴渡口，准备一睹被誉为天下盛景的钱塘江潮。

江景辽阔，水流滚滚向东。古人说"赖有青山豁我怀"，确有道理。惆怅多年的任询望着辽阔的江面，五内郁结的情绪似乎都消散了。江水无一刻停歇，四周山景却静静屹立，仿佛在和任询一起注视江面，等待潮来。任询身处其中，立刻体会到这钱塘的山水能感受到他的心跳和脉搏，自己与这些自然山水已经融为一体。

渡口边有一座浙江亭，这里是观潮的最佳点，早在盛唐时期就吸引无数平民贵胄前来观潮。临近中午，两岸行人纷纷驻足，繁忙的船只也自觉靠岸，这是大潮将至的景象。任询站在浙江亭边，还在遐想潮来景象时，

〔清〕袁江《观潮图》

突觉气温骤降，扑面的空气都带着湿润的水汽。

钱塘江水浩浩荡荡，东流奔向无垠大海，潮水怒卷回来，激起千重雪白的浪花。潮声已经开始轰轰作响，如震天霹雳炸开。浪潮越来越大，潮头的江水变成雪色，翻涌奔腾间，将两岸笼罩在一层水雾里。带着湿润水汽的潮水扑在脚下，让人忘记了如今还是仲夏，雪白的浪花也看得人一激灵，好似有千蛟万鼍在狂奔怒驰，奋髯张鬣。

任询无限期待地望着潮头，只见一个个巨浪滚滚向前，波涛之声犹如千军万马于城下叫阵。又在打仗了吗？此时，他的脑海中竟然浮现出幼时所见的战乱场景。

天下大势，分久必合，合久必分。这些年来，宋、金之间摩擦不断，大战不可避免。而这战争阴云之下，受苦受难的最终还是平民百姓。

任询出生时正值南宋绍兴三年（1133），金兵南下，战火纷飞。马蹄声中，良田被毁，屋舍倾颓，连南宋王族都东逃西窜，更何况平民百姓呢？任询便出生在战乱之时的虔州（今江西赣州）。

任询本是易州（今河北易县）人，他的父亲任贵于宋徽宗政和、宣和年间离乡远游江浙一带。任询少时，父亲就曾与他说起过钱塘江，说那潮涌的壮阔。那奔涌的大江，于金兵而言，是阻拦他们进一步追击的天堑；对宋朝皇室而言，是他们避难的保障。但于平民而言，钱塘江意味着战争。谁能算得清，宋、金在钱塘江两岸打过多少次仗，死了多少人？乱世命贱如草芥。

潮水翻涌，声势滔天，任询似乎听到了战鼓响起，骏马嘶鸣，兵将们一阵接一阵地喊杀，旌旗被江风吹动，猎猎作响……是西楚霸王项羽率领百万精兵在巨鹿一战，还是刘秀带绿林军乘胜追击，一举攻破王莽城郭？是豪迈，是壮阔，抑或是残阳如血，映得满江潮红？

潮水呼声使乾坤倒立、黄河倒悬，其声响震天彻地，其力量冲决突奔，令人不禁生出一丝怯意。

江浙一带居民有弄潮的习俗，弄潮儿自幼与江水为伴，水性极佳。但面对汹涌的潮势，仍不免有些胆怯。需鼓起勇气，置性命于不顾，才能对抗这江潮，手持一面青旗，在波涛中出没，好似泰山崩于前而色不变。弄潮儿的力量越微小，越显得勇敢。

任询心痛不已，他看着江中翻滚的波涛，似乎看见几十年来宋金之争下平民百姓疲于奔命的缩影。他驻足浙江亭，久久不愿离去。海风吹拂，潮头急速奔向远方。

原本如乱山层叠的潮水远去,水色成了一带伤心碧,不复前时的威猛。

此时,江面映着斜晖,晚霞染红了整个天幕,就连岸边的群山也镀上了金边。任询为这眼前壮丽的美景惊叹不已,只觉得胸怀激荡,似有云涛奔涌其中。他不禁想问,钱塘江潮是不是有一种魔力,能把人感动哭,也能让人想放歌。不管人事如何变迁,江山永远如此多娇,那还有什么愁绪呢?

看着一江晚景,任询顿感诗意无限,他要将这钱塘江写下来,将自己随潮水汹涌澎湃的心情付诸笔端。他在心里打着腹稿,反复咏叹,也未得一个满意的句子,正苦于没有文思时,一句"巨鹿之战百万集,呼声响震坤轴立"突然闯入脑海。任询不觉为这神来之句叫好,这钱塘潮水声势浩大,不正如千军万马奔袭而来,杀声震天,响彻乾坤吗?

千百年来,无数文人墨客来到钱塘江,被这江潮震撼,感叹这潮水声势直冲云霄。在任询这个乱世文人的眼中,这潮水的惊涛骇浪不是盛世福音,而是马蹄铮铮。

千年的钱塘江潮,在不同的时代,被诗人、将军、权贵作出各种阐释。金戈铁马也好,盛世之音也好,都是匆匆岁月对钱塘江美景的诠释。千百年来,钱塘江边伫立过无数看潮人,他们的经历不尽相同,心境也千差万别,但唯一不变的是那每年八月如期而至的钱塘大潮,气凌霄汉,等人来观。

四、骇浪汹汹涛声怒

闻意索三门湾以兵轮三艘迫浙江有感
〔清〕康有为[①]
凄凉白马市中箫,梦入西湖数六桥。
绝好江山谁看取?涛声怒断浙江潮。

清光绪二十五年(1899)正月,钱塘江上一片肃杀。

天空中乌云层层叠叠,仿佛有暴风雨即将来临。零星几只鸥鸟在低空中飞翔,似要寻一个安全的地方躲避风雨。江面泛起薄薄的水雾,空气中弥漫着令人不安的气息。往日里繁忙的钱塘江今天显得十分沉寂,江上一条船也没有。运货的船只没有踪影,打鱼的渔船也不知去了哪儿,只有江潮滚滚,涛声怒吼。

自五年前甲午中日战争,清廷败给日本后,杭州的形势越来越严峻了。算是欧洲列强之一的意大利十分垂涎三门湾,他们向清廷提交了外交照会,要求租用三门湾的土地作为租界,且还写明要在浙江修建铁路。这意味着意大利企图强占浙江,染指这锦绣江南。

三门湾位于浙江宁海东面的象山半岛南端,这里资源丰富,地理环境独特,非常适合建造港口。一旦三门湾被意大利收入囊中,杭州就会落入他国的控制,浙江的一切物产都将逐步被侵吞,而且意大利也能顺势入侵到长江中游。

三门湾战略意义巨大,清廷拒绝了意大利的要求,同时命海军南下,准备跟意大利决一死战。杭州接到了朝廷的命令,积极整顿军备,钱塘江上弥漫着紧张的备战气息,所有将士都做好了浴血奋战的准备,绝不妥协

[①]康有为(1858—1927),广东南海人,人称"康南海"。

屈服，绝不让意大利将三门湾抢走。

列强已经夺走了太多国土，全国上下的怒火都被点燃，绝不能再失去三门湾了。

清光绪二十三年（1897），德国强租胶州湾。第二年，英国强租威海卫，俄国强租旅顺、大连。中国北部海域已成为不设防区域，京畿重地完全暴露在外国军舰的炮口下。南方的海域不能再丢了！再丢，中国真就任人随意欺凌，脊梁骨也撑不起来了！

江潮汹涌，民意沸腾。

清廷的态度惹怒了意大利。他们侦知南洋水师只有六艘木壳包铁的旧舰，觉得清朝已经十分羸弱，只要再行威逼就能兵不血刃地拿下三门湾。于是他们派遣三艘军舰开往三门湾海面，恐吓清廷。

战火一触即发。

寒风凛冽，天似乎要飘雪了。浪花翻涌，江潮一波接一波，一浪高过一浪。清朝海军的五艘军舰在汹涌的江潮中前行。这五艘簇新的铁甲巡洋舰，船身上厚厚的装甲闪耀着寒光，甲板上炮筒林立，蓄势待发。巨大的烟囱冒出高高的黑烟，直冲云霄。它们被寄予厚望，汇集了无数人的热烈期盼。

风萧萧兮易水寒。这日的风亦萧萧，江水亦寒。

江潮似乎也在为这五艘军舰呐喊，为他们壮行。汹涌的潮水就像那些不屈的忠魂，推动着军舰前往保家卫国的战场。

当意大利人开着军舰,得意洋洋地驶到三门湾附近,企图耀武扬威时,他们傻眼了。他们只有三艘军舰,而清廷的五艘军舰比他们的体量更大、火力更强、装甲更厚。清廷决意用武力保卫三门湾,两方兵力对比明显,局势对意大利不利。

意大利人撤退了,江潮似乎也平息了。

远在日本的康有为得知意大利以三艘军舰逼迫浙江,而浙江回以五艘军舰不战而胜的消息时,他的心情久久不能平静。

清光绪二十四年(1898),戊戌变法失败后,康有为被迫逃亡日本,过着凄凉艰辛的生活。尽管如此,他依然思归故国,期待自己能为守卫这锦绣河山略尽绵力。

早在得知意大利在外交照会上的要求后,康有为就日夜关注此事。他惦念着被意大利觊觎的浙江,尤其挂怀被强行索要的三门湾与钱塘江边的杭州。那是中国最锦绣繁华的地方之一,只要想到他国军舰驶入其中,他国军队在中华大地上猖狂,他就恨不得将这些入侵的强盗噬骨寝皮。

他日夜思念着祖国山河,为之辗转难眠。他梦到了西湖美景,苏堤上的映波、锁澜、望山、压堤、东浦、跨虹六桥还是那么美,美得动人心魄;西湖里的水还是那么柔,那么清,像江南女儿眼波流转。

是谁试图染指这锦绣河山?意大利、英国、法国、德国、俄国、日本……中国地大物博,可如今国弱民贫,列强都在瓜分中国的土地,欺压中国的百姓。康有为想要变法强国,却失败了,落得个流亡他国的下场。现在他只能避居一地，渴求着故国的一点消息。

他梦到钱塘江潮在怒吼，在咆哮，涛声里全是愤怒。狂风掀起巨浪，打在意大利的军舰上，誓要将之驱逐。

康有为将满腔的怨愤与对国家的关怀付诸笔下："绝好江山谁看取？涛声怒断浙江潮。"

他想到了钱塘江潮，深信它是伍子胥的一腔忠魂所化。江潮的到来，即是伍子胥驾着白马素车而来。骇浪惊涛，是伍子胥的忠义，是他的愤怒，是他对大好河山的守卫之心。

在诗中，他为伍子胥唏嘘不已。他想到伍子胥也曾逃亡吴国，在市集中吹箫，乞讨为生。越国灭吴后，曾设坛杀白马祭祀伍子胥，后又为他立白马庙。他可怜伍子胥死后只剩白马相陪，尝尽了凄凉。可他又钦佩伍子胥生前为吴国尽忠，助吴伐越，屡建功勋。

康有为想到了自己，他不也和伍子胥一样过着狼狈逃亡的生活，也和伍子胥一样念念不忘故国的大好河山吗？而他也相信，除了自己，中华大地上还有无数和他一样渴望保家卫国、守护山河的人。他们心中有小爱，也有大爱，更有对入侵者的愤恨。

钱塘江潮之怒，是伍子胥的愤怒，是康有为的愤怒，也是这土地上千千万万有志之士的愤怒。

参考文献

〔南宋〕辛弃疾：《辛弃疾词集》，上海古籍出版社，2014年。

〔明〕冯梦龙：《警世通言》，中华书局，2017年。

包杰编著：《清人七言绝句选评》（下册），文汇出版社，2010年。

潮水如雪，白浪滔天

钱塘江潮声名远播，在唐代便颇得官员士人青睐。诗人往往立于钱塘江侧，看着远处波涛汹涌的潮水连连咏叹，留下不少诗篇。

潮涌时，浪花迭起，颜色雪白。或如细长白练，一线接天；或如寒冬飘雪，倾洒江岸；或如一面白墙，横亘钱塘；或如巍峨雪山，气势恢宏。无论是哪一种形态，钱塘江潮都用滔天白浪向世人展示着自己的独特魅力。

一、八月钱塘雪满山

横江词　其四

〔唐〕李白①

海神来过恶风回，浪打天门石壁开。

浙江八月何如此？涛似连山喷雪来！

唐天宝十二载（753），李白站在江边的山崖上，背手而立。想当年他只身下江陵，一掷千金，结交豪士，如今江风吹过，他的衣袂扬起，意气还在，可是身体老了。

他干谒又被拒绝了。自被赐金放还以来，这是第几

---

① 李白（701—762），字太白，号青莲居士。

次求官无门，李白自己也记不清了。他曾经遇见李良，满心以为自己抓住了救命稻草。在李白眼里，李良是和他有着亲戚关系的"从侄"。但李良可不吃这一套，直接拒绝了他的干谒。

送出赠诗的李白被蒙在鼓里，当他第二天兴冲冲前往李府时就吃了闭门羹。这样的日子循环往复，令五十三岁的李白心中恼怒，索性负气离开宣城（今安徽宣城），来到横江打算散散心。

他目不转睛地望着脚下奔腾向前的江水。这是长江的一段支流，当地人称横江。江水伴随波涛，激起阵阵浪花，冲刷着山崖断壁，发出声声咆哮。

江潮涌起时，更是气势逼人，仿佛海神来过，带起一阵恶风卷起了水波。巨浪威力十足，一鼓作气全涌了过来。

李白对此深感熟悉，他不禁想到曾经观看钱塘江潮时的情景。由于钱塘江流域广阔，涌潮时的景象十分壮丽，波涛汹涌，浪花四溅。脚下这潮也不逊色，浪高水急，潮水澎湃，和钱塘江潮如出一辙，也是巨浪滔天，声势浩大。连那潮水激荡起的波涛都是一样的"涛白"大浪，疑似"雪山来"。

望着熟悉的江潮，李白陷入了回忆。唐开元十四年（726），李白二十六岁。那年春天，他只身前往会稽（今浙江绍兴）、杭州等地，在那里广交好友，同时不忘求仕。

遇到担任杭州刺史的本家李良，李白以为可通过他开始入仕，却没想到依然求官不得，他心里有些难受。自打来了江南，他就一直不得志。为了纾解心情，也为了想好下一站去哪，李白在杭州从夏天待到了秋天。

期间他游山赏水，把杭州里里外外都逛了个明白。那时的杭州还没有白居易后来任职时那般宜人的景色，既没有名满天下的西湖，也没有周边名胜，只有几座古刹。但好在古刹底蕴悠久，值得一观。李白走走看看，没几天就游了个遍，无事可干的他就将视线转到了山川江河。其中最让他记忆深刻的景观，就要数钱塘江大潮。

夏秋之交，李白在杭州正愁无处可去，刚好听旁人说起涌潮。都说来得早不如来得巧，等李白找寻过去，钱塘江大潮正要开始。

远远看去，江潮如一条折叠整齐的白绸，平铺在江面上。只见这条白绸的行进速度非常快，转眼间，就到

〔北宋〕佚名《高秋观潮图》

了江心。后面跟着的翻腾波涛，你追我赶，不时相互撞击，迸发出如白雪一般的水花。

江潮继续往前，直至拍打在江岸上，引得看潮的人惊呼连连。一时间，浪潮声、喊叫声、风的呼呼声，嘈杂一片。第一次看潮的李白被眼前的景象震惊了，他微张着嘴，久久没有发出声音。平静之后的李白，看着依旧汹涌的江水，刚开始的烦闷心情不由得消失了，转而变得激动不已。

这样汹涌的江潮，其实一开始十分平静，直到它积蓄了足够的力量，才爆发出惊人的冲击力，嘶吼出惊天动地的声响。这时候的李白一心就想入朝为官，想着早日实现建功立业的抱负，看着这样波澜壮阔的场景，他的心中也像充满了力量。他将李良的变相拒绝看成了求仕路上的磨炼，心中起初的埋怨在江潮面前烟消云散。

看着横江江潮的李白回忆起这段往事，心里感慨良多。那时的自己是屡屡干谒不成，求官无门，现在则是入仕又被放，依然郁郁不得志。兜兜转转，没想到结果竟还是如此。

李白仰头向天，似乎在无声发问，究竟为何如此。但这答案却无人能给。好在经历人生百态的李白早已能及时调整心态，应对不同境遇。他想到江水行进途中，也偶有山石横立，潮水拍打在上面，迸发出如白雪一样的水花。这情景和记忆中的钱塘江大潮重合在一起，李白不禁感慨道："浙江八月何如此？"

其实他心里早有答案，钱塘江的江潮怎会不及这横江波涛？及与不及，李白倒真有发言权，两者他都是亲眼所见。尤其是那钱塘江潮，他不光看到了涌潮，还见证了潮退时的风平浪静。直至日落,他都站在江岸,很久都没有离开。眼下这横江江潮则又将他带入了当时的情绪中,激昂澎湃,兴奋不已。

又是一声巨响,接连不断的潮水席卷山崖,激荡出层层波涛,就像是连绵不绝的山丘,一个接着一个。上面剪不断的水花,看起来就像是小山在喷雪,真可谓"涛似连山喷雪来"。

李白心中萌发出想要再去看一次钱塘江大潮的冲动。但这一想法还没来得及实现,就爆发了震惊朝野的安史之乱,李白也为躲避战乱隐居乡里,不曾前往杭州。

这就成了李白永远的遗憾。直至唐宝应元年(762)李白去世,他曾经想要再看一次钱塘江大潮或是毫不逊色于前者的横江江潮的愿望,一个也未能实现。

二、浪如玉垒推雪山

钱塘海潮
〔北宋〕贺铸①

高岸如陵累石顽,一支涨海横中间。
九军雷鼓震玉垒,万里墨云驱雪山。
秦政维舟羞胆怯,史迁舐笔恨才悭。
钱郎几许英雄气,强弩三千拟射还。

自八月中旬开始,贺铸的工作就忙了起来。眼下他担任杭州洞霄宫管勾一职,其实就是一个看管道馆的小官。

北宋大观三年(1109)时,贺铸以承议郎告病还乡,居住在苏州。最近,他因被举荐还朝,来到杭州任职。

---
① 贺铸(1052—1125),字方回,人称"贺梅子",自号庆湖遗老。

此时的杭州一如往年，被游人观潮的热情笼罩。贺铸也被这种兴奋感染，想去一探究竟。来杭的人多了，参观洞霄宫的人便也增加了不少。等他忙完过去，钱塘江大潮早已开始。

眼前的潮水没有"方其远出海门，仅如银线"的委婉，目光所及已是一片澎湃。钱塘江中横亘着一道汹涌的巨浪，排山倒海而来，犹如玉垒。看那颜色白而洁净，又好似飞雪。

万里潮水铺天盖地席卷着道道浪花，发出九军击鼓般的怒吼，如雷贯耳。第一次看见江潮的游人被眼前的景象震住了，一时间竟忘记捂住耳朵。后知后觉间，一次翻涌已经过去，只好捂住耳朵等待下次巨响的来袭。

一道浪花刚飞天卷起，就被后面穷追不舍的另一道浪拍打得偃旗息鼓。一道浪接着一道浪，叠加再叠加，层层白浪最后堆积成了一排雪山。奔腾向前的潮水，气势丝毫不减，反而推着这雪山越来越近，直到拍打在岸边，溅湿了江边众人的衣裳。

贺铸也浑身湿透，只不过他的思绪此时都聚集在了翻腾的浪花之上。透过这白色的水花，他好似看见了几年前在这里观潮的苏轼。想必曾任职杭州的苏轼早已对这名满天下的钱塘江大潮再熟悉不过，不然怎会发出"欲识潮头高几许？越山浑在浪花中"的自问自答。苏轼两次来杭都留下了咏叹江潮的诗词，许是太过喜爱，才有了"八月十八潮，壮观天下无"的感叹。

贺铸和苏轼的缘分，除了同僚情谊，苏轼于贺铸还有着仕途举荐的恩情。

贺铸出身名门，是宋太祖原配夫人孝惠皇后的族孙，他自己娶的也是宗室之女。皇亲国戚的身份令他人艳羡，可他却郁郁不得志，因为他一辈子无法跻身权力中心。

鉴于前朝外戚宗室夺权乱政造成国政动荡，宋太宗即位后就对外戚宗室抱有猜忌之心，在仕途上防范、压制，甚至打击他们。贺铸就生活在这样的环境中，因此年过四十，他还是个小小的武职小吏。

贺铸虽身为武职，但其族中有很多文人先祖，耳濡目染，自然诗词文赋样样精通，才情颇高。因此，北宋元丰五年（1082）八月至元祐元年（1086）正月，贺铸在徐州担任监钱官期间，就曾与当地的名士结成彭城诗社。

诗社成员中的隐士张天骥，苏辙女婿王适，苏门六君子之一、陈师道之兄陈师仲都和苏轼有交往。彭城诗社虽然成就不高，却给贺铸寡淡的生活注入无限活力，交友赋诗成了这份闲职之外的主要活动。很多年之后，贺铸还经常回忆起这段日子。同时，这段诗社的经历也让他和苏轼越走越近，虽然两人分隔两地，但据记载，仅元丰五年到元丰七年（1084）这短短三年里，贺铸就给苏轼写了五首诗。

其间，苏轼因乌台诗案被贬黄州。当贺铸听说苏轼从黄州被召回京时，替好友高兴之余还写诗祝福："下走误传宣室召，上前谁进子虚辞。东坡麋鹿同三径，西掖鹓鸾占一枝。"

元祐七年（1092），时任扬州知州的苏轼连同曾居高位的李清臣等人一道举荐贺铸由武转文。虽然职位依然如芝麻绿豆小，但起码让贺铸看见了仕途上的曙光。

时年四十岁的他还高兴地写下了"少待高常侍，功名晚岁收"的希冀之句。

他盼望着自己有朝一日可以像唐朝诗人高适一样，在晚年显贵封侯。正是有了这种抱负，他心中格外感激苏轼等人。之后几年，贺铸也没忘了苏轼的恩情，分别在绍圣元年（1094）苏轼被贬惠州（今广东惠阳）、绍圣四年（1097）苏轼被贬海南时，寄诗"高才何假江山助，未拟区区咏五君""会须不改其乐媚而翁，力田水旱由天公"宽慰友人。

但此时，贺铸也是一身愁苦。他转入文职后，好运并没有垂青于他，奔走在仕途之路上的他依旧是官小职卑，前程一片渺茫。加上长期生活贫苦，肺病久治不愈，最终在大观三年（1109）告病辞官。

直到前不久，年过半百的贺铸才再次出山任职杭州。

这么想着，久久出神的贺铸被一声巨响拉回了思绪。又是一阵惊涛骇浪，奔涌翻腾，气势比刚才还要强上些许。历经人生的跌宕起伏，说得上见多识广的他也不由得思古想今。这白浪气势逼人，就是秦王维舟怕也要颤颤巍巍，心惊胆战；这白浪波涛旷阔，壮丽磅礴，就是写就《史记》的司马迁看到怕也要惭愧自己笔力不足而无法描写。

眼前的景象很难不让人想起吴越王钱镠在杭州留下的功勋，钱王射箭退潮的美名也因此天下共传。

如今，有恩于他的苏轼已经因病离世，看到好友曾经看过的江潮涌退，贺铸心中情绪复杂。不知苏轼再见眼前这钱塘江大潮会作何感想，是感慨更多还是唏嘘更甚？

经过多年煎熬,贺铸早知前途无望。面对着滔滔江水,他心中满是对仕途的厌倦,但眼下朝廷的诏命又不能不从。身处挣扎中的贺铸,极度渴望像这江潮一样奔腾远走。

这一挣扎就是几年,直至宣和元年(1119),六十八岁的贺铸才再次致仕。回到家乡的贺铸始终记得如玉垒雪山的白色浪花冲他奔来的景象,那一道道雪浪是他心中仕途结束的见证,也是和苏轼友谊的结晶。

三、钱塘江潮秋飘雪

大海秋涛
〔清〕彭孙贻①

雷雨潮声壮,川原秋气雄。
势凌河汉上,波荡盖函中。
积雪连天白,黄流浴日红。
因君生壮思,万里破长风。

明崇祯十五年(1642),彭孙贻经人推荐参加乡试,本来成绩名利前茅,却因为身体抱恙没能终场。好在第二年又取得佳绩,并有所作为。

也正是这一年秋天,他来到杭州,亲眼看到了受世代名家盛赞的钱塘江潮。

最先引起他注意的并不是朵朵浪花,而是那如雷贯耳的潮声。响声惊天动地,似要把周围的一切都震碎。雄壮的潮水一波接一波,翻腾着往前涌去,激荡起的浪花呈现出如雪花般的视觉感受。一浪盖过一浪,泛白的水花越堆越多,直至累积成一排雪山,横亘在江水中央。浪花奔腾而起又再落下,江边的人乍一看都会认为是在飘雪,煞是壮丽好看。

① 彭孙贻(1615—1673),字仲谋,一字羿仁,号茗斋,自称管葛山人,浙江海盐武原镇(今浙江海盐市)人。

那时的他意气奋发，是当地有名的贤才后生。彭氏虽以武功起家，但也以诗书传世，是个允文允武的世家大族。又因为颇受明朝皇帝的赏识，因此家门兴盛。

在这种环境中长大的彭孙贻自然想像家里长辈那样成就一番事业。他站在江岸，眼里是对未来的无限期待。往远处看，秋风把江水和浪花搅在一起，只见水天相接处一片银白。那白色把红日映射下的余晖衬得更明亮了，竟不知是该看那片白还是那抹红。

江潮还在翻滚，位于最前面的那道浪溅起片片水花，打湿了江岸。一时间，附近的温度又下降了一点，这下再看江潮，更多了些秋月飘雪的意境。

……

一股凉意，把睡梦中的彭孙贻冷得打了个颤，醒了过来。

醒过来的彭孙贻头疼欲裂，他拿起桌上的杯子喝了一口，发现是酒。看了一眼桌上吃剩的饭菜和趴在旁边的朱彝尊，这才反应过来，自己喝多睡着了。

见其他人还没醒来，他斟满了手中的酒杯，仰头饮尽，而后偏头冲着窗外的西湖出了神。刚才睡着时，他又梦到了以前的事，不过十年光景，现在想来倒像是过了一辈子。

明朝初，彭家凭借忠孝仁义闻名，又因为赫赫战功而兴盛，历代都有子孙位列朝堂。到了明朝末年，彭孙贻的父亲身为明朝武将坚守孤城，最终因不敌清军，在章贡台自杀殉国。彭孙贻许多亲人也在这次朝代更替中

第一编 钱塘江

彭孙贻像

丧命，彭氏一族因此江河日下。

想到这，彭孙贻深深地叹了口气。

"什么时辰了？"

友人朱彝尊的话把他从回忆中拉了回来。此时正值清顺治十八年（1661）盛夏，朱彝尊与友人同游杭州断桥。他们在路上碰到了独行的彭孙贻。

朱家和彭家一样，都是浙江一带有名的大家。朱彝尊与彭孙贻也是时隔多年再见，免不了互诉衷肠，因此选了个僻静的处所，几个明朝遗民痛饮起来。酒过三巡，桌上一片狼藉。刚才还在说着前尘往事的几人开始胡言乱语，喝得最多的朱彝尊和彭孙贻已经倒在桌上睡得不省人事。

没想到这一睡就睡到了日薄西山，醒来的其他人都相继离开了，只留下彭孙贻和朱彝尊。他俩在睡着前也没说上几句，一直在喝酒，所以趁着酒醒，想要再叙叙旧，多聊一会儿。

彭孙贻说起了刚才自己做的梦，感慨真是世事无常。当初他还是个不用担忧生活的世家子弟，转眼间就没了父亲，换了天下。只在提到梦中的大潮时，彭孙贻才一改苦丧的语气，多了些激昂。

朱彝尊听完，也惊讶道："我刚才也做了个梦，不过与你不同，我梦见的不是往事，而是宗悫。就是那个想要乘风破浪的宗悫。"

宗悫身为南北朝时期的知名武将，以武起家的彭孙贻自然听过他的大名。宗悫虽出生在儒学世家，但一心尚武，经过努力，最终成为一位名将。宗悫小时候和叔父的一段对话让后人对他印象更为深刻。他的叔父宗炳曾向他询问志向，宗悫以"愿乘风破浪"回答。

彭孙贻听后也是诧异。两人的梦看似毫不相关，但细想之下，都是出于两人心底想要建功立业的初心。只是这初心在战争的动荡中被罩上了一张挣脱不开的网，进退两难。

入朝为官是彭孙贻当初参加乡试时的愿望，但眼下却成了桎梏他的枷锁。明朝对彭家恩泽颇多，可以说是赏识有加。他父亲和家中几位长辈又相继在和清军的对抗中殉国，这种国仇家恨让身处清代的彭孙贻早早就起了不仕之心。

朱彝尊也是一样，在出仕还是反清之间犹豫。虽然身处乱世，但他们二人心中想要成就一番事业的壮志尚存。想到这儿，彭孙贻不禁发出了"因君生壮思，万里破长风"的感慨。对面坐着的朱彝尊听完彭孙贻的诗句，也是唏嘘不已。朝代的变革不光影响整个朝廷的变化，在个人的身上也留下道道伤痕。

唯一不变的恐怕就是彭孙贻梦里的钱塘江潮了，不论时代如何变化，江潮依然年年如此。由于朱彝尊还没观过潮，他就一直向彭孙贻询问涌潮时的情形。他们越说越精神，直到华灯初上，两人才依依不舍地相互道别。因为他们都各有行程，隔天就都离开了杭州。

归程中，彭孙贻心生遗憾，没有多在杭州停留两个月，再看一次钱塘江大潮。离别时，他和朱彝尊约定好下次还要在杭州见面，一起看一次钱塘江大潮。此时，船在平静的江面上行驶，看见无波无浪的钱塘江，根本无法将其与他记忆中的波涛汹涌联系起来。他在心里暗下决心，一定要再看一次钱塘江潮涌……

康熙元年（1662），朱彝尊再次来杭，终于见到了心仪已久的钱塘江潮。康熙十二年（1673），彭孙贻逝世，他与朱彝尊当初约定的杭州之行终究没能实现。

四、江水如练卷浪来

浪淘沙·钱塘观潮
〔清〕王锡[①]

遥望海门开，匹练初来，须臾万马蹴飞埃。白雪洒空红日暗，疾走风雷。　　乘醉上高台，俯仰徘徊，眼前陵谷总堪哀。安得钱王张万弩，重射潮回。

康熙皇帝紧皱的眉头舒展开来，手里拿着刚呈上来的奏折。

[①] 王锡，清代词作者。著有《啸竹堂诗余》。

说是奏折,不过是当地一个文人找尽关系呈给皇帝的一篇贺诗。整个孤山行宫里鸦雀无声,康熙皇帝刚刚为捍海石塘修建不利发了很大脾气。如今皇帝的眉头稍有舒展,众人猜测:难道是这新呈上来的折子讨了圣上欢心?

谁也不知道这诗写的是钱塘江潮,康熙皇帝看了这诗,又怒又喜。他怒的是这杭州的潮水如此凶恶,可是当地的官员却想不出一个好办法修建石塘;喜的是这文人也算是个才子。

这个文人就是王锡。康熙当即将他被叫到面前,赐金赏银,可是对封官加爵的事只字未提。

王锡倒也知足,出了行宫,立马邀了几个朋友在江边见面。这日正好是八月十八,是观钱塘江大潮最好的日子。临近晌午,他们几个好友为了不耽误看潮,特意将吃饭的地点选在了离江边不远的简易酒店。

刚吃上不久,店外就人声鼎沸,一片吵吵嚷嚷。这番情形,杭州人自然不会陌生,每次观潮开始前都是如此。

几人将桌上的酒提在手里,顺着人群的方向往江边走。

他们像往年一样,找了个视野不错的地方站定。王锡一边饮酒,一边远眺。只见远处的杭州湾,像是突然间被人打开了大门一样,潮水一股脑儿地涌现出来。江潮刚刚出现的时候,在水天相接处犹如一匹白练,沿江铺开,柔白色一片。

倏忽间,又如千万匹白马一起奔腾而来,带起的浪花如滚滚烟尘，又似阵阵白雾，一齐翻涌而至。水花柔白绵密，却颇具力量，道道浪花都强有力地拍打着江面，发出响亮的声音。

江边的人群没了声响，大家都将目光聚集到那愈来愈近的潮水上，生怕错过美景。巨大的浪花带起周围的江水，江涛飞卷，竟像漫天白雪洒向空中，白色水珠在阳光的照耀下，显得晶莹剔透。

钱塘江的潮起潮落间，景观壮丽宏伟，观看的众人无不感慨惊叹。此时，连天上的红日都显得暗淡无光。随着白色巨浪离人群越来越近，波涛声也滚滚而来，像迅猛的风雷，动地震天。

虽然王锡等人年年都来此观潮，但每一次潮涌过后，他们的心情依然激动不已，浑身热血沸腾。观看过程中，王锡惊叹之余，也没忘了把手中的酒饮完。江潮涛声依旧，洁白的浪花正在拍打水岸，岸上的人无一不被溅了一身。

王锡借故离开人群，趁着酒兴登上不远处的高台。登高远望，视野变得更加开阔，刚才和自己一般大小的人此时小了一半。王锡抬头观天宇，低头瞰江潮，看潮时他就心生感慨，无奈好友在侧，为不影响他人的观潮体验，他选择独自消化心中的感伤。

正当王锡沉浸在个人情绪中时，孤山行宫里的气氛又降回到了冰点。如果说康熙皇帝看见王锡的颂诗一时欣喜，那钱塘江潮的隐患马上又让他感到担忧。此事关乎杭州临江百姓的性命安危，必须尽早解决。因此康熙皇帝下了死命令，下旨当地官吏再次修建捍海石塘。

其实当时在用的石塘倒还说得过去，短时间内不至

于发生江水倒灌的灾情。钱塘江潮,年年如约而至,来了又去,一如既往。但是人世间却大有不同,区区几十年,天下英雄换了几番,任何功名勋业在时间面前都如沧海一粟。就像眼前的石塘,还是五代时期吴越王钱镠留下的功绩。

此时的康熙皇帝和王锡倒是想到了一处,都想到了钱镠开弓退潮的故事。

那时,钱镠刚刚被封为吴越王,正是整治杭州事务的时候。那时的江潮和现在一样,都是白浪滔天,翻卷奔腾。虽然壮阔美丽,但一涨潮,江水便会侵袭附近的房屋和田地,百姓苦不堪言。钱镠便下令筑塘防潮。

说起来容易,做起来难。每次工程刚有些起色,就会被凶猛的潮水击溃冲倒。次数多了,钱镠也忍不下去,想要寻找解决之法。多次尝试未果后,钱镠便转变策略,命人造了三千支弓箭。等钱塘江潮最汹涌,排山倒海一般地朝着岸边袭来时,钱镠迅速下令,让弓箭手们将箭

〔南宋〕赵伯驹《汉宫观潮图》

一齐射向涌来的白浪。没想到,这一射,潮头竟真的转了方向,向西兴(今滨江区西兴街道)而去。

钱镠带领工匠趁着潮退去这段时间,在离江岸约三丈处开始打桩、砌石,筑塘工程没了潮水阻碍,很快就建成完工。此后很多年,杭州的百姓都依仗这一工事,免受潮水侵袭。钱镠的功绩也因此被杭州人世代称颂。

王锡看着那依然聚集不散的人群,以及那还在不断咆哮的江潮,心中对钱镠充满景仰和缅怀之情。

有了醉意的王锡心中满是千古兴亡之慨,潮起潮落间都是对英雄陨落的惋惜。兴之所至,写下诗篇。

他将自己的所见所感都倾注在诗句中,观景生情,情融所见。王锡又想到了自己上午献诗给康熙皇帝的事情,虽然得了赏赐,但终究心有不甘。建功立业的梦想还是化作江潮卷起的浪花,被狠狠地拍碎在江岸。

王锡在高台上感怀悲伤，脚下的江潮却一如初见，极富生机活力，不断地追逐翻卷。尽管潮水已经近在咫尺，可是如白雪一般的柔白色始终如一，没有沾染一点杂色。

参考文献

〔元〕脱脱等：《宋史》，中华书局，1985年。
〔清〕彭孙贻：《彭氏旧闻录》，上海商务印书馆，1934年。
夏承焘：《唐宋词人年谱》，上海古籍出版社，1979年。
北大古文献研究所：《全宋诗》，北京大学出版社，1998年。
林显钰、郑培兴、李正东：《浙江省水文志》，中华书局，2000年。
王娅：《彭孙贻词研究》（未出版）。

两岸风光，杭州盛景

钱塘江的魅力不仅在于江潮的壮阔，还有它承载的厚重历史和文化内涵。汹涌澎湃的江水，像是杭州跳动千年的脉搏，每一次跳动都见证了杭州的发展和繁荣。杭州城和两岸风光将钱塘江包裹其中，让江水有了杭州味道，有了杭州气息，流芳百世。

一、钱塘江山兴亡事

浙江亭和徐雪江
〔南宋〕汪元量①

朱甍突兀倚云寒，潮打孤城寂寞还。
荒草断烟新驿路，夕阳古木旧江山。
英雄聚散阑干外，今古兴亡欸乃间。
一曲尊前空击剑，西风白发泪斑斑。

钱塘江的美不仅仅是桃红柳绿这样简单，还有山河变迁、人间沧桑。如果能在钱塘江畔修栋房子，天天与山水为伴，过的岂不是神仙日子？

事实上，几百年前的钱塘江畔确实住着这样一位神仙，他日夜与山水为伴，一年四季都能饱览钱塘美景。

---

① 汪元量（1241—1317），字大有，号水云，亦号水云子、江南倦客，钱塘（今浙江杭州）人。

春日，他的小屋掩映在无尽的绿意之中，水鸟时不时掠过他的屋顶飞到岸边休憩；夏日，他观浪弄潮之余还能在夜晚赏荷、雨中听涛；秋日，在连绵如丝的雨把迟桂花打落前，他会在桂树下赏桂饮茶；冬日，若是赶上落雪，他必定乘一叶扁舟顺江而下，去赏两岸风光、西湖胜景。

当时杭州坊间流传着一首童谣，街头巷尾的孩童都在唱"钱塘江中钱塘潮，仙人独看钱塘潮"，唱的就是这位"神仙"。此人是一位道士，自号水云子。他在钱塘筑"湖山隐处"，自称"野水闲云一钓蓑"。有时也教坊间的孩子烹茶，讲些道法故事。人人都羡慕他能与四时美景为伴，可是在他眼里，这钱塘山水另有一番模样。

这一天，水云子站在他的湖山隐处，恰好能看到凤凰山上宫殿的一角。朱红的屋檐在满眼碧绿的山林中十分显眼，他看着看着竟流下了眼泪。他想到了自己的挚友，可惜他们今生都无法再见了。

当晚他彻夜未眠，写下"英雄聚散阑干外，今古兴亡欸乃间"的诗句。

几个孩子相约来到水云子的住处学茶，却发现他竟还未起床。他们很吃惊，因为这位老师从不失约。于是他们穿过树林到岸边戏水，预备等水云子起身再返回。钱塘江的春水悠然而过，带着暮春时节的慵懒。两岸春草十分茂密，几乎把附近的码头淹没。

几个孩子正玩得尽兴，水云子已经站在树林处唤他们进屋。烹茶时，他们仍对早上在岸边看到的风景念念不忘。他们问老师，为何有如此美景却从未带他们一观。水云子正一心一意煎茶，听到孩子们这么问，表情有些严肃。

"美吗？在我眼里不是这样。"

几个孩子正想追问，水云子已经转身离开茶房。孩子们正想追上去，却看见了老师放在案上的诗。一个孩子读着标题"浙江亭和徐雪江"，问道："老师，徐雪江是你的友人吗？"剩下几个孩子也凑上来，看看写了什么。诗句中满是荒草、孤城这样凄凉萧瑟的景物，看得他们云里雾里。

此时水云子已回到茶房，手里抱着一坛刚从地里起出来的好酒。

那几个孩子围住水云子，问他这首诗是写的是哪里。水云子没有回答，把酒倒进三个杯子，叹了口气。他看着几个孩子说："这写的，就是眼前的钱塘江。"几个孩子惊讶不已，今早他们才在老师的屋子后面看到了钱塘江，与诗中景象截然不同。

春风扑面，天清云淡，暖阳把一切都照得生机勃勃，全然不见荒草孤城。水云子一边将一杯酒浇地，一边说："我眼中的钱塘江就是如此。"这些孩子只知道他是个深居山林的神仙道人，却不知道这"神仙"还有个名字——汪元量。

实际上他是宋度宗赵禥的宫廷乐师，曾被元军抓到大都，直到元至元二十五年（1288），才得以放归。当年他曾组诗社，过潇湘，入蜀川，访旧友，后定居钱塘江。世人看他悠闲自在，但是他没有一天快乐过。昨天他到钱塘江边的时候，看潮水滔滔，不禁想起曾经在宫中的日子，虽心中苦楚，言不由衷，但还得写钱塘山水的婀娜多姿。

昨日的杭州春光无限，正午之后潮水向东，江面波光粼粼。船只虽不像以前那样你来我往，也算繁忙。可是南宋时期的驿站已经荒废，新的码头和驿站却人潮涌动。汪元量看着这些新码头，就像被刀子剜去心头肉一般。

他曾经追随文天祥，还渴望等到赶走元军的那天。可是最后等来的是江山易主，临安府变成了杭州路。再美的春光在汪元量眼里都是无尽的家愁国恨。昨天那首《浙江亭和徐雪江》，不仅是观景有感，更是给好友的一篇悼文。

昨天一早，汪元量收到了徐雪江去世的消息，六神无主的他来到江边，看到一个朱红的屋檐在凤凰山上树丛的掩映中时隐时现。汪元量不敢相信自己的眼睛，难道这是南宋的宫殿吗？元军入杭州的时候，不是放了一场大火把皇城都付之一炬了吗？不知不觉，两行热泪从他眼眶中流了出来。

他看不出青山中的房屋有什么江南水乡的特色，但这还是勾起他对故国的无限思念。凤凰山脚下的钱塘江水不断拍打着江岸，世人都说春江之水柔美温婉，可在他眼中不过是拍打着孤城的寂寞春潮。

汪元量就是那个"不识货"的人，钱塘春景在他心中就是"朱甍突兀倚云寒，潮打孤城寂寞还。荒草断烟新驿路，夕阳古木旧江山"。再想到老友去世，汪元量更是悲从中来。经历了家国离恨，眼见朝代更替，如今已是垂垂老矣，他只有独立江边，默默流泪。

汪元量又将第二杯酒浇在地上。

茶房外的江水一刻不停地向东流，钱塘江两岸的风景也未曾改变。或许，汪元量心酸的正是这多情的春水也有无情之处。无论谁主天下沉浮，钱塘江依旧是天下盛景。改朝换代和天下兴亡，两岸风景都像是个旁观者。

春天群山碧绿，夏天荷香千里，秋天朗月繁星，冬天冰雪琉璃。钱塘的美，有四季变换，还有时光变迁下的不改面容。

二、雪后初霁春日迟

渔浦春潮

〔元〕钱惟善①

江涨夜来高几寻，轻涛拍岸失蹄涔。
迟明帆发星滩远，尽日舟横雨渡深。
杜若风回赪鲤上，桃花浪起白鸥沉。
越人艇子来何处，欸乃时闻空外音。

元至正十六年（1356），南方的冬天特别长，已过了立春，江边的柳条还未抽芽。钱惟善如今退隐山林，在苏州吴江过着不问世事的生活，陪伴他的还有老友杨维桢和陆居仁。可这一次，苏州的严冬动摇了这个山林隐士的心，他想家了。

还记得二十多年前的杭州也有一个严冬。元至元元年（1335），杭州的春天来得很晚，钱塘江两岸的树木没有一点生机。在杭州出生的钱惟善从来没有遇到过这样的严冬，他看着窗外阴沉沉的天气发愁。其实他正烦心的不是天气，而是一个月之后的江浙省试。他苦读十年，虽胸有成竹，但还是有些怯场。

这一个多月来，他无法静心看书，索性就日日出门顺着钱塘江漫步。而钱塘的春日美景，美就美在日夜变

①钱惟善，字思复，自号心白道人、武夷山樵者、曲江居士，钱塘（今浙江杭州）人。

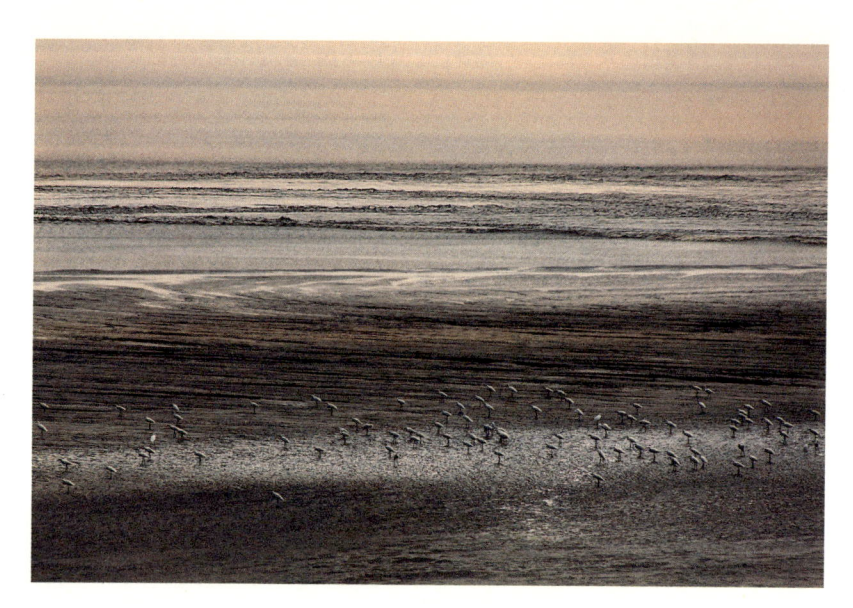

钱塘江边的水鸟

化中，几乎一天一个样。钱惟善第一日去时，江边还俨然一幅冬景，江心的石头还有部分裸露在外。他沿着江堤漫步，灰白的天上，太阳没有温度。正当他准备返回时，看见一只水鸟从江边的草丛中飞出，在江面上滑翔而去。他心里激动不已，这只水鸟给江景增添了活力，就像是特意来报春的。

第二天，杭州的天气回暖不少，江边的水鸟也多了起来。几天之后，树木开始抽芽，春草也破土而出。钱惟善再到江边时有些震惊，漫长的冬季眨眼消失了，眼前可不就是当年白居易所写"几处早莺争暖树，谁家新燕啄春泥"的景象吗？钱塘江的水就像一夜间被填满，春潮急促向东，一层层白浪拍打着江岸。出来赏景的游人也多了起来。

几场细雨过后，江岸绿柳正盛，姹紫嫣红。沉浸在回忆中的钱惟善不禁裹了裹身上的衣服，准备回屋喝口热茶。

杨维桢见他神情有些恍惚，上前宽慰几句："你这个才子，隐居山林也是委屈了。"可这屋子里的人哪个不在年轻时才华横溢、意气风发。钱惟善说："当年科考前，原本我还有些担心……"杨维桢打断他："当年就连考官都对你大为赞赏！"谁人不知当年仅钱惟善一人模仿枚乘的《七发》，破了《罗刹江赋》这一考题。

其实只有钱惟善自己知道，当年考前的一个月，他日日都去钱塘江边，目睹迟迟春日降临杭州。他告诉杨维桢："遇到这样的考题不过是运气……"随即说起那年科考的经过。

看了一个月春景的钱惟善走进了考场。那时的杭州已是草长莺飞，花红柳绿。谁想考题正中他的下怀，他洋洋洒洒写就试卷，从考场走出来的瞬间，眼中的杭州都是春光灿烂的。走在江堤上，春潮拍打着两岸，江水时不时漫到他的脚边。两岸的桃花引来蜂蝶飞舞，江中鱼龙翻腾，江上白鸥展翅。

钱惟善从前并未觉得杭州的春景如此动人。那一日，他乘船往上游走去，一路饱览钱塘江春潮美景。两岸江水高涨，波涛翻滚，江面上水汽氤氲。随风而来的是杜若花香，前几日还含苞待放的桃花纷纷吐蕊绽放。正得意的钱惟善张口吟道："杜若风回赪鲤上，桃花浪起白鸥沉。"

诗中句句都是钱塘江两岸的明媚春光。钱惟善用最细腻的笔法，将江中的水，天上的云，风中的花，岸边的鸟一一写下。这不仅是他科考顺利欢欣喜悦的表现，还有对春日美景的满足。

这种喜悦和冲动，即使在二十年之后，钱惟善都记忆犹新。他面对杨维桢，激动不已，说起当年写的诗句，字字铿锵有力，少年的得意之情如同春风扑面。可如今再细细读来，溢于言表的都是他的思乡之情。

久居山林的钱惟善想家了，他想念钱塘江的美了。说起家乡，以前桃花一落，就有莼菜羹可吃了。小的时候，钱惟善还不知道珍惜，如今想起家乡，却首先想到这羹汤，还有两岸的纷纷桃花。如果趁着春潮湍急，从上游客星滩出发，一日就能浏览完钱塘江的两岸风光。

当年的钱惟善看钱塘春潮，是激流小舟一往无前，心境是"春风得意马蹄疾，一日看尽长安花"，如今在苏州吴江山林中，他再读到年轻时的诗句，激起心中无限的相思，他恨不得自己真的乘舟出发，已过万重山了。

钱惟善和杨维桢的茶凉了，此时壶中的水还没煮沸。

钱惟善思考了片刻，对杨维桢说："不如我们去钱塘江再看一次春潮如何？"杨维桢原本是绍兴人，他知道钱塘江的美景天下闻名，而且现在深居山林不过是为了躲避战乱，也不至于长居于此，与外世隔绝。于是二人叫上陆居仁，三人一同收拾行李，凑了些银两，一路南下。

一路上只有星星点点的绿色，早春景色让这三人脚步匆匆，生怕错过钱塘江的春潮。到达杭州时，果然春光正好。这个迟到的春日打动了三个久居深山的文人。他们躲避乱世就如同寒冬萧瑟，重回杭州就好似春光再临。

三、蓬莱仙境钱塘岸

候潮门眺望
〔清〕屈大均[①]

海门东倚浙江开，千里寒潮天上来。
春树遥连严子濑，白云长在越王台。
翠华南幸扶桑远，羌笛横吹折柳哀。
何处青山堪托迹，欲随徐市入蓬莱。

作为一个旅行家，没去过钱塘江看潮，无论放在哪朝哪代都是说不过去的。屈大均被朋友称为"广东徐霞客"，看似是被强戴上旅行家的帽子，实际上却是实至名归。他以化缘为由云游四海，其中的压力自然不小。

清顺治十八年（1661）的春天，钱塘江畔，春光醉人。两岸杨柳依依，天气爽朗，几朵白云围绕山巅。钱塘江正起春汛，乃是观春潮的好时候。诗人都说西湖美景三月天，邀上三五好友一起游湖赏景恰逢其时。可是如今江山易主，江南百姓反清复明的情绪高涨，钱塘江边只有莺燕纷飞，不见游人，有些冷清了。

此时，屈大均由齐鲁下江南，越过长江，迎面而来的正好是江南春景。他到杭州的消息很快传到了一众好友的耳中，一场老友久别重逢的聚会定下了日期。这一天，朱彝尊早早到了钱塘江边，看着生机勃勃的早春景象，沉醉不已。原来"日出江花红胜火，春来江水绿如蓝"的景象不只是诗里的浪漫。

朱彝尊正看得出神，屈大均已经悄然出现在他身后。一身佛衣，面容消瘦的他和这盎然春意有些格格不入。两人相约先乘舟同游，再去赴老友之宴。

[①] 屈大均（1630—1696），初名邵龙，又名邵隆，号非池，字骚余，又字翁山、介子，号菜圃。

春日泛舟钱塘江，颇有一番乐趣。

两岸青山的新旧绿色星星点点晕染开来，从入海口到西边的钱塘江都是一片水汽朦胧，江上船只稀少。春日的钱塘江正睡眼惺忪地看着往来的渔人。屈大均看着两岸的风景，心里不由感叹江山如画，竟在不自觉间吟道："困酣娇眼，欲开还闭，梦随风万里。"

清军入关后，朱彝尊还没见过这位老朋友有诗兴大发的时候。想来今天饱览钱塘美景，令他稍解心结。朱彝尊打算趁此机会和他逗乐一番，于是拍了拍屈大均，说道："你如今剃度出家，怎么还对这凡尘俗物动心？"

屈大均今日心情确实不错，对朱彝尊说："你这俗人！你怎知家国天下的胸怀要有，这沉醉美景的意趣也得有。"朱彝尊说："是啊！要是这一江春水无人赞颂，不就成了孤芳自赏吗？"屈大均不同意老友的话，和他争辩："伯乐和千里马之间的缘分要修上几百年。若无人赏识，千里马又何必舍生取义？"

屈大均这话说的是入关的清军。当初他发誓绝不妥协，不向清王朝称臣，这才剃度出家。朱彝尊原本是邀老友出来散心的，可谁知让他想起了伤心事。他有些后悔，应该在出游前就和屈大均约定，此次游览不谈家国天下，只吟风弄月的。这厢屈大均也意识到自己的慷慨激昂有些不妥当，反倒让老友担心了。

他正想找个由头缓和气氛，一阵云来，刚才还是晴空碧日的天，现下已经春雨丝丝要打湿衣衫了。江面上的水汽本就没有消散，如此一来，整个钱塘江都笼罩在一片白雾中。远远看去，就像是仙宫奇景。

这突如其来的雨倒解了老友之间的尴尬。屈大均唤了一声独自在船头的朱彝尊："你看这钱塘江，多美啊！"朱彝尊点点头，这样的烟雨江南真是怎么看都看不厌。他转过身，正襟危坐地问好友："你如今是个僧人，求佛问道的事，找你行不行？"

屈大均看老友一本正经的模样，还以为他要说什么事情，没想到这个人居然打趣他，便接过话题："你要是想去求佛问道，我给你支个妙着儿！"屈大均告诉朱彝尊，乘着小舟顺着钱塘江的水流向东，就可以到蓬莱仙境了。

语毕，两人哈哈大笑，下船登岸，准备观潮。正午一到，钱塘江的春潮就扑面而来。潮水从东边携风带雨，使江面霎时云雾翻滚。朱彝尊对屈大均说："你这和尚，修仙问道是道士的事，你这个假僧人还不多求佛祖度一度你！不然这钱塘江的春潮就将你卷入江底了！"

屈大均是个广东人，初见雨中春潮，不免为之震撼，加上这两岸的旖旎春光，更是让他诗兴大发。他看这钱塘江潮就好比一湾江水天上来，立刻吟出一句："海门东倚浙江开，千里寒潮天上来。"

朱彝尊很久未听屈大均吟诗了。他曾经赞誉屈大均的诗有李白的清新俊逸。屈大均看着两岸烟柳，接着吟道："春树遥连严子濑，白云长在越王台。"写罢两联，已将钱塘江两岸的景物都放入了诗中。屈大均写的山水不是精雕细琢的工笔画，而是一幅泼墨丹青，几点笔墨就写出钱塘山水的意境之美。

屈大均是个典型的文人，有着一个文人从骨子里散发出来的倔强。他爱这钱塘风景大好河山，但是这好景致却另属他人了。屈大均有些悲从中来,有种去国离乡的悲伤,接着说:"翠华南幸扶桑远,羌笛横吹折柳哀。"即使是生机勃勃的钱塘春景,也让他有消沉的情绪。江畔的渔歌在屈大均的耳中也像羌笛般幽怨。

正当朱彝尊以为这首诗就要消沉下去时,屈大均转头对他一笑,接着说:"何处青山堪托迹,欲随徐市入蓬莱。"屈大均到底还是把钱塘江当作了蓬莱仙境,还指望去求仙问道。不过这诗中的"徐市"是给秦始皇求仙问药的,朱彝尊就问他:"你是不是想做皇帝,带我从钱塘江去蓬莱仙境啊?"

屈大均却说:"原本看你姓朱,还觉得你适合做皇帝。但既然你已经主动说了,那我还要告诉你,这徐市还是个小黄门。"两人有说有笑地一同离开江堤,准备赴宴。

这场春雨还是下个不停,周围的烟柳春树都已被雨淋湿,远看像是江岸的绿色晕染开来,一直延伸到最远处。而入海口的波涛依旧,烟波浩渺。

四、盛世江山看钱塘

吴山望浙江
〔清〕朱彝尊[①]

一峰高出万松寒,磴道虚疑十八盘。
近海鱼龙吹宿雾,中天日月转浮澜。
风帆岸压明珠舶,仙树花浓白石坛。
旧是锦衣行乐地,江山真作霸图看。

清康熙四十四年(1705)三月底。朱彝尊刚从无锡回来,就赶上了春日钱塘江开江,这是杭州一年一度的大事。渔人和百姓围在江边,有人要争开江的第一条鱼,

[①] 朱彝尊(1629—1709),字锡鬯,号竹垞。康熙年间词人、学者、藏书家。

有人来凑热闹。朱彝尊看着大好河山，心中无限澎湃。他今年七十七岁，去无锡是为了迎驾。康熙皇帝的第五次南巡开始了。

春日开江之后，钱塘江畔开始热闹起来。江边的集市和游人渐渐多了，钱塘江就像是江浙地区一条蓬勃的脉搏，将两岸百姓的生活联系在一起。朱彝尊喜欢江浙，也喜欢钱塘江。他和自己的老友不一样，他对清朝没有极端的敌意，反而认为康熙皇帝是个了不起的君王。

回到杭州那天，他就收到礼部派人传来的消息，要他好好准备给皇帝的贺诗。朱彝尊知道康熙皇帝老了，喜欢热闹的东西，但是又反对奢华。去年康熙皇帝五十大寿，四方来贺，但他却对一对粉彩梅瓶生起气来。只因为这对瓶子造价数万，他觉得过于奢侈。

朱彝尊一想，没有什么比写首钱塘江春潮的诗献给皇上更合适的了。从无锡回来之后，朱彝尊日日都去钱塘江边看潮，想要精雕细琢一首传世经典献给皇上。谁知有意栽花花不开，十天过去了，竟然一首满意的诗作也没写出来。他暗自懊恼，再怎么说自己也算是个学识渊博的文人，不仅修经著典，而且词作风格还引领风骚，如今却连一首称心如意的诗都写不出来。

要说一个老人赌起气来，真的像个小孩子。朱彝尊为了这首诗堪称废寝忘食。他看着钱塘江潮汹涌澎湃，一到正午，观春潮的人就将钱塘江畔围个水泄不通。吴山在夕阳中守望着整片钱塘江。青山之上松柏独立，江上渔人忙碌，水中鱼儿翻越。自两岸出发的船只竞相游走，码头日夜繁忙。

如此一幅江山安好、天下太平的盛景，真是美不胜

吴山大观

收，但是朱彝尊极尽笔力，还是觉得没有写出自己期望的作品。时间过得很快，四月初六，御舟就入了江南境，江南绅衿军民夹道跪迎。朱彝尊正为了写不出诗作不知所措，却听说皇上亲自来到钱塘江畔，不是为饱览盛景，而是轸念万民罹于水患，要亲自视察杭州水患的治理情况。

朱彝尊一听这个消息，感动得老泪纵横。一位皇帝竟然不惮跋涉之劳，为小民阅视河道，亘古未有。其实，不光是朱彝尊感动得无以言表，就连杭州百姓也无不感恩叩谢，街头巷尾一时间欢声雷动。

在心潮澎湃之际，朱彝尊心中那首渴望写钱塘江潮表达江山盛景的诗自然流露了出来："旧是锦衣行乐地，江山真作霸图看。"

等到行宫觐见这天，朱彝尊带着自己的著作，还有这首《吴山望浙江》，准备作为贺礼。可是朱彝尊还是有些紧张，这首诗并非严格意义上的赞歌，不过是将自己所见的杭州的繁华生活写了出来，他担心康熙皇帝会不喜欢，但加些歌功颂德的文字，又怕破坏诗歌的美感。

三拜九叩之后，他将诗作呈上，但看不出皇帝的脸色。朱彝尊念道："臣恭祝皇上万寿无疆，特将此诗献给皇上。"康熙皇帝的神色没有半分变化，是喜是怒，让人无法分辨。朱彝尊的额头上已经满是汗珠。其实康熙皇帝很喜欢这首诗，他没有表态，只是此时想到了四十多年治理天下的艰辛。

钱塘江岸的风景像是一本好书，常读常新。康熙皇帝想起自己第一次来杭州，亲眼看到钱塘江的壮阔，潮水汹涌，浪比天高。当年三十多岁的他在治国理政中大有作为。看到钱塘的潮水和两岸春景，心里无比欢欣。

而二十年之后，康熙皇帝再看钱塘江，却感觉到一种苍劲悲凉，就好像是自己老了二十岁，这钱塘山水也老了二十岁。朱彝尊这首诗，第一句就戳中了他的心。"一峰高出万松寒，磴道虚疑十八盘"，说的正是钱塘江边高耸的吴山。之前只看到两岸群山常年青翠，如今却看懂高山上的翠松。登山的小路曲折蜿蜒，一路上人越来越少，恐怕都有些高处不胜寒。

第二联的气象宏大，康熙皇帝想象江潮来袭，海浪翻腾，从天边涌来，就像是有蛟龙在水中激起千万浪花。"近海鱼龙吹宿雾，中天日月转浮澜"，真与唐人的诗句气象一般宏大。

此次献诗，康熙皇帝很是喜欢。他对杭州大加赞赏，并赐朱彝尊"研经博物"四字牌匾。康熙、乾隆两帝数次南巡，杭州都是重要的一站，如今杭城中依旧留有很多他们南巡时所留的印记。

月夜看水，钱塘风韵

何人不看月，何处无月明？但钱塘月夜，白沙翠竹，江潮如雪，水天之际另有一番独特滋味。这天上一月，江中一月，月明风清，青山隐隐，比白日更安宁。

一、白沙翠竹游一场

月夜游钱塘江
〔北宋〕释法具[①]

小舟为我载月色，白沙翠竹光相射。
自从李白下金陵，四百年无此豪逸。

月色下的钱塘江景不同于白日里船来船往的繁华，也不同于潮来时令人惊叹的壮阔，它另有一番豪迈清逸。趁着月色，乘一叶小舟，顺着钱塘江漂游，在钱塘江两岸会见到白沙翠竹间的光影交错，不经意间就令人回想起李白"湖月照我影，送我至剡溪"的潇洒。

宋徽宗年间（1101—1126）的一个夜晚，幽蓝的天空飘着扯絮似的薄云。一轮银盘似的圆月正正悬在天中，似乎张开双臂就能拥之入怀。钱塘江两岸的青山在夜色下化作了水墨剪影，红花绿树也都染上了水墨的淡雅，

[①] 释法具，字圆复，吴兴（今浙江湖州）人。徽宗、高宗时以诗游士大夫间，有《化庵湖海集》二卷，已佚。

变得朦朦胧胧的，让人瞧不真切。两岸相对的青山中淌出一条泛着粼粼波光的大江，宽阔的大江面映着温柔的月色。倦鸟早已归巢，白日里的各色船只寻了港口船坞停泊，傍晚时的渔歌灯火也都陷入了沉眠。四处静悄悄的，唯有几只虫儿突然惊醒似的，兀自叫上两声。

忽然，树影中传来一阵清歌声，破开了一江沉寂。一名男子唱着"湖月照我影，送我至剡溪"，歌声在江上悠悠地散开了，传到远方。这声音清朗润泽，就像是染了月色的钱塘江水，让人心中一片安宁。伴随着歌声的还有用手打着的节拍声。

似乎是惊动了月光，一叶小舟从树影中划出，载了一船的月色，直将船上的人也照得如天宫中人，颇有几分"清风明月入我怀"的风姿。其中一位身穿海青色僧衣、唱着歌儿的是吴兴（今浙江湖州）僧人法具，以手给法具打节奏的是他的朋友翁士特。二人趁着月色皎洁，来游览钱塘江夜景。

翁士特摇头晃脑地打着拍子。等法具停下来休息的时候，他笑眯眯地问法具："钱塘江白日的景色还看不够，晚上还要看？"

法具说："白日有白日之景，夜里有夜里之景，怎么会觉得腻？再说，有些景色需要在清幽虚寂中才好欣赏，心静才会有了悟。就如同我们白天光顾着看行人往来街巷繁华，却忽略了钱塘江之美。"

翁士特笑着埋怨了句："你们禅宗讲究心境合一，竟是看个景都要悟些道理出来。我看到美景便高兴不行吗？讲这老多道理，怕是要漏看美景了。"

"受教了。不应该辜负美景的。"法具笑着朝翁士特行了个礼。

两人说得高兴了,还拎起舟中的酒壶喝上两口。翁士特咕咚咕咚喝了两口酒,放下酒壶,看向江面,长叹一声:"好酒,好月!"恰巧在此时,一条银白色的鱼儿扑通一声跃出江面,带出一串晶莹剔透的水花,而后又落入江中,激起层层的涟漪,给一江静谧增添了几分生动。

小舟顺着江水漂流,喝酒清歌的两人也停下动作,眼睛只往江边美景上看。只见江面宽阔,水平如镜,江心处一捧圆月悠悠地颤着。江岸边河沙细腻,月光照在上面,竟似细碎的银屑铺了一地,又好似夏夜星河倾倒其中,成一片如梦似幻的皎洁。

沙滩不远处是一片萧瑟的竹林。月光从竹梢叶间洒落,片片银辉似在林间点了一盏盏雪灯。

看了好一会儿,翁士特才回过神,满脸赞叹:"见多了钱塘江白日里的锦绣繁华,没想到这月下钱塘竟比白日里还美。之前没有早来真是可惜了!"

法具微微一笑道:"这样的美景,只看一次也是值得的。且今天这歌唱得应景,也是有声有色了。"

见到这样清逸的江景,法具想起了李白下金陵、游吴越的事来。那时骄傲肆意、"银鞍白马度春风"的李白想必也曾乘舟赏过这钱塘夜景,也曾见过这月下的白沙翠竹,才有了后来的"湖月照我影,送我至剡溪"。法具喜欢李白,也喜欢那个繁盛的、兼容并包的、骄傲自信的大唐。现在不同了。从李白下金陵到如今,已经过去了四百年。这四百年间再没有见到这样豪迈飘逸的景象了！法具看着那光影斑驳的竹林，只觉得诗情满怀，不由得吟道："小舟为我载月色，白沙翠竹光相射。"

在诗中，法具的小舟是有灵性的，能懂得主人对月光的喜好。月光是有质有量的，它能用小舟作容器，载上满满一船。在夜色下，钱塘江景是那么豪迈清逸，白沙翠竹的颜色是那么生动。这些都让他想起了豪迈奔放、清新飘逸的诗仙李白，对大唐盛世充满了向往。

多年过后，南宋诗人赵振文和朋友楼钥说起颇具诗才的僧人法具，提起他那首《月夜游览钱塘江》，想起他曾在月夜中饱览钱塘江月色，不由心生羡慕。心动不如行动，二人当即追随法具的足迹乘月泛舟，夜游钱塘。

〔南宋〕李嵩《月夜看潮图》

那是个大雪的天气，月色共雪色皎洁，雪花落在江潮上，悄无声息便融入江水中。二人见到这样豪迈清逸的景色，欢喜至极，觉得这景色比法具诗中所言更美。赵振文连忙写下一首诗将之描述一番，与楼钥分享。楼钥则回了他一首《大雪赵振文寄诗言乘月泛舟清甚次韵》（其五）：

旧闻老具擅诗声，夜泛钱塘向凤城。
今日清游更豪逸，雪花和月带潮生。

在诗中，楼钥自注："法具，字圆复，绍兴初诗僧也。有《月夜游钱塘江》诗云：'小舟为我载月色，白沙翠竹光相射。自从李白下金陵，四百年无此豪逸。'"

在船来船往的繁忙与江潮的汹涌澎湃之外，钱塘江还有其他一面。法具与翁士特在月色中游了一场钱塘江。而在四百年后的雪花月色间，潮水翻涌，则又是钱塘夜景的另一种美丽。

二、月明乘潮归故里

发钱塘
〔明〕吴与弼①
乡音无寐共清宵，得伴何妨归路遥。
夜半开头更唤梦，月明如昼竞乘潮。

傍晚的钱塘江十分宁静。暮色笼罩，倦鸟缓缓归巢，村落里升起袅袅炊烟，渔夫慢条斯理地收起渔网归家。这样的宁静却被吴与弼打破了。他坐在一只小船上，拼命地划动船桨。不一会儿，船停了，他伸长手臂去够江面上洇得半湿的一个纸团，急得满头大汗。他这么急着捞这纸团，不是因为这上面有多珍贵的信息，而是怕它

① 吴与弼（1391—1469），初名梦祥、长弼，字子傅（一作子传），号康斋，崇仁县莲塘小陂（今江西省抚州市崇仁县东来乡）人。

弄脏了钱塘江水。

明永乐九年（1411），吴与弼决心不再参加科举考试，要潜心研究理学，便踏上了回乡之路。他从杭州出发，乘船顺着钱塘江一路向家乡崇仁县（今江西省抚州市崇仁县）驶去。

船行在钱塘江中，两岸风光怡人。一个人闲来无事，吴与弼便坐在船头看风景。此时正值夏末，是钱塘江一年里最美的时候。天高云淡，风烟俱净。远处青山隐隐，似是画家用石青石绿随意涂抹上去的几笔，写意风流。山脚间或有几处人家，白墙黑瓦，朴素淡雅。稻田自山脚延伸至河边，绿油油的，惹人喜爱。两岸绿柳依依，一下又一下地撩拨着江水，拨乱了白云投在江中的倒影。

江水极清，能看到水底游动的鱼儿和细小的沙石。江水其实极深。只是因为水太清了，才会让人看着觉得浅。傍晚时分，火烧一样的晚霞将天空映得红彤彤的，江水就像一块红水晶一般。天色渐暗，夕阳的余晖洒在钱塘江上，将江水染成红紫色。天色越晚，江水越清，吴与弼竟觉得一股冷意从江中泛起。看着这样的景色，他渐渐陷入了回忆。

钱塘江上的夕阳，与从前他在学堂时看到的一样美，一样冷清。

那时，他正埋首读书，研究学问，如天文、律历、医卜，一读就是一整天。常常一抬头，发现已是夕阳西下，红霞满天。

吴与弼喜欢读书做学问，却不喜欢钻研科考文章。

康斋吴先生

吴与弼像

　　他觉得科考文章满是对皇权的奉承，于国于家无益。可为了光耀门楣，他又不得不顺着先辈的道路，参加科举考试。吴与弼出身书香门第，曾祖吴审"博学、诗藻清丽"。父亲吴溥，官至国子监司业，著有《古崖集》。

　　在这种家庭氛围中成长起来的吴与弼自小就开始为科考而读书。他六岁入学，七岁学对句，十八岁学科考文章，十九岁拜明代"三杨"之一的杨溥为师。每日点灯熬油读书，写下的科考文章堆积如山。此时的钱塘江水，便如他读书时的深夜一样冷清。

　　后来，吴与弼的父亲吴溥在南京任国子监司业，他前往南京侍奉父亲。有一天，天气晴朗，他读文章有些烦了，便在父亲的任所里散散心，随意读些书。偶然间，他读到朱熹编写的《伊洛渊源录》，被其中阐释的理学思想深深吸引。他意识到学习科考文章、科考入仕并非自己兴趣所在，理学才是自己真正要走的路。深思熟虑后，他决定放弃科举考试，回乡读书，研究理学。由此，他踏上了回乡之路，来到了钱塘江。

到了钱塘江后,吴与弼在船舱里收拾自己的行李。他的行李大半都是图书和文稿,因爱惜它们,他的行李从来都不让其他人碰,而是自己收拾。他一边收拾,一边翻看这些文稿,越看越生气。这些文稿都是他为了科举而写的,死板生硬,简直是恶臭难闻。一怒之下,他一把撕开文稿,一张书页当即脱落。就这还不解气,他还将那书页揉成一团,往窗外一抛,那纸团就落入了钱塘江中。

那纸团被抛到江中,漂浮在清澈的江水中,像一个突兀的墨点滴在了洁白的宣纸上。江水越清,那纸团就越发惹人生厌。看着看着,吴与弼又后悔了:万一这恶臭难闻的科举文章弄脏了钱塘江水怎么办?于是他连忙划着小船去捞。

慌慌张张将纸团捞起了,吴与弼才松了一口气,总算没有将钱塘江水弄脏。这江水这么清,怎么能让科考文章污染它?想着行李中的科考文章,再想想家里堆积如山的科考文章,吴与弼叹了口气。他决定将这些科考文章都一把火烧了。

下定决心后,吴与弼也有心思欣赏江景了。此时船已行到江中开阔处,距离岸边极远,四面都是江水。一轮明月自江上升起,将钱塘江照得亮如白昼,青山绿树纤毫毕现。江水在月光下显得澄净透彻。潮起时,船竟似乘着银鱼而行。

这如水的月色既照在钱塘江上,也照进了吴与弼心中,让他的心胸也开阔起来。他想起苏轼《记承天寺夜游》中那句"庭下如积水空明"。苏轼所见的月光如梦似幻,却不如这夜钱塘江上的月光皎洁明亮。

回乡之后，他会在这样澄澈的月光下读书做学问。怀着这样的期待，吴与弼提笔写下："夜半开头更唤梦，月明如昼竟乘潮。"

这几年在外读书应举，吴与弼已经许久不闻乡音了。他想念家乡，已是迫不及待了。他希望回家的路能再短些，钱塘江水能再快些送他归家，哪怕风高浪急也无妨。

对吴与弼来说，未来不再是科考场上的前途未卜、庸庸无为，而是如今晚一般，乘着潮水，沐浴在皎洁月光下的舒适安逸。他将回到故乡崇仁，也将回到内心的归宿，与学问为伴。从此归路不再遥远，每夜都是良辰。

三、水天一景云远阔

钱塘江舟中看月
〔清〕黄景仁①

越峰青断海门青，之字江流入杳冥。
月出岛烟常带湿，潮回沙气半浮腥。
眼将天水分离合，身与鱼龙判睡醒。
烟外何人尚吹笛，夜深愁激子胥灵。

在水天一色的辽阔景色中，哪怕前途未明，也会心怀壮阔，顿生豪情。常州府（今江苏常州）人黄景仁与好友洪亮吉一同前往杭州，夜宿舟中，也被钱塘江辽阔的夜景激发了胸中豪情。

清乾隆三十二年（1767）秋天，本是落叶纷飞的季节，钱塘江两岸却青山依旧，满目绿意。平原辽阔，一条大江平铺在大地上，一路流向高远的天空。

夜幕降临，天边挂着一牙弯弯的月亮。江上泛起了

①黄景仁（1749—1783），字汉镛，一字仲则，号鹿菲子，常州府武进县（今江苏省常州市武进县）人。

雾气，江边小岛也笼在一层轻纱中。草木都有些湿润，临江草叶上的露珠顺着叶尖滑落江中，融进江水。潮水荡漾着，将岛边停靠的一艘客船推得一起一伏，搅得船上的人不得安眠。

船中的小榻上，黄景仁还没睡，躺在船舱内思绪纷飞，转过身来看见躺在身边的好友洪亮吉正睁着眼睛若有所思，就对洪亮吉说："君直兄（洪亮吉字君直），睡了吗？"

洪亮吉本就愁绪满心，正想找他说说话，坐起看向黄景仁，说："还没，何事？我们可是去乡试的，你还在读诗娱情？"

洪亮吉去年参加县试时，被店家安排与黄景仁入住同一间房，两人自此结成好友。黄景仁性格跳脱不羁，对考试吊儿郎当，反而喜欢读非圣贤书。他常常三更半夜躲在被窝里读诗，读到好的，定要把洪亮吉吵醒，与之奇文共赏。洪亮吉都习惯了。

"没看诗。潮水来了，船一直晃，有点睡不着。"黄景仁解释了句，又问道，"你呢？怎么还没睡？"

洪亮吉沉默了一会儿，才轻声问道："这次乡试你有把握吗？"

"你这么晚没睡，就是在为这事担忧？"黄景仁问。

"你我二人今年才入龙城书院求学，虽有邵先生指点，可江浙人才济济，我没什么把握。"洪亮吉虽性情稳重，但因年少，总觉得自己的才学比不上其他人，对这次乡试心怀忐忑。

黄景仁看好友这沉闷的样子，怕他过于紧张考试，连忙安慰道："书院先生都夸我们了，你还有什么好担心的？再说，乡试得中便是鱼跃龙门；若不中，左右我们还年轻，再苦读三年罢了。"

黄景仁这话倒实在，他和洪亮吉两人今年一个十八岁，一个二十一岁，却都过了县试要去考乡试了，确实是年少才高。

此时小船停靠在岛边，月上中天，清风徐来，水波荡漾，窗外风景正好。看洪亮吉还是面无表情，黄景仁索性将他拉起，二人一同起身走到甲板上看江景，散散心。今天还不到十五，弯弯的月亮挂在天际。又是秋天，江上水汽重，岛上雾气弥漫，草木都朦朦胧胧的，看不真切。潮水翻涌，一阵接一阵地冲刷着江滩上的泥沙，散发出一点点鱼腥味，混合着水汽和草木的气味，并不熏人，反而有些清爽。

夜风有点凉，黄景仁拢了拢身上披着的衣裳，看向远处。几片流云离人极远，显得天极高，江面极旷远。江潮一阵又一阵地翻涌，开阔的江面一路延伸到天边。水天一色，竟分不出哪里是水，哪里是天。传说中烛龙睁眼为白昼，闭眼为夜晚。如今可能烛龙正是半睡半醒间，因而天色一片混沌。

两人静立船头，看了许久的江景。直到露水微微沾湿衣袖，黄景仁才转头对洪亮吉说："天地辽阔，江水长流。孔圣人亦言'逝者如斯夫'，我二人在这广阔天地间不过沧海一粟。乡试是小事，我们尽力而为就是。君直，你说是吧？"

此时不知何人吹起竹笛，清脆的笛声远远传来，伴着哗哗的潮水声，激起一阵阵凉意。经过黄景仁的尽力宽慰，洪亮吉心安了许多，又为他的一番心意感动，点了点头，笑着说："是这样的。夜深了，我们回去睡吧。明天就到杭州城了。"

黄景仁贪看江景，还不想睡："你先回去，我还不困，想再看会儿景。"

洪亮吉便回到船中，安心地睡下了。

黄景仁站在船头看着钱塘江。

此时夜色已深，只有微微的天光。船头挂了一盏灯笼，暖黄的灯光照亮了一个角落。沿江的树林、草木、稻田都在夜色中掩去了身影。万物都已睡去，四周安静极了。

看着江中倒映着的灯笼影子，黄景仁想到了家中母亲对自己的殷殷期盼，又想到了自己建功立业的一腔抱负与好友的忧虑，心绪翻飞。一首诗自然而然地浮现在他心中，他轻轻吟道："眼将天水分离合，身与鱼龙判睡醒。"

洪亮吉刚醒，黄景仁就将自己誊在笺上的诗拿给他看，笑着说："你帮我看看，写得贴切不贴切。"

洪亮吉接过黄景仁手上的诗笺，细细研读。诗中描写的是他二人昨夜一同看到的江景。大地平坦，大江接天，浩浩荡荡，无边无际。这场景极为壮阔，激得洪亮吉心中愁思为之一散：身处如此壮景之中，好友也费尽心力宽慰自己，自己又何必担心一次乡试，正如黄景仁所说，尽力而为便是。

二十多年后，洪亮吉高中榜眼。当他站在金銮殿前，听着自己的名字一声声传出时，想到的却是那个在钱塘江舟中看月的夜晚，还有那个尽力宽慰自己的好友。他的耳边似乎又响起了阵阵涛声。

参考文献

〔南宋〕陈振孙：《直斋书录解题》，上海古籍出版社，2015年。

〔明〕黄宗羲：《明儒学案》，中华书局，1985年。

江中弄潮，趣味民俗

钱塘江潮形态百样，声势震天，波澜壮阔。潮水的巨力之美吸引着众多游人纷至沓来，只为一睹涌潮风采。为了增加观潮的趣味性，余杭在春秋时期出现了送迎潮神的风俗，开始有了弄潮。

后来这种弄潮的习俗发展成善泅健儿们乘风破浪操纵船只的技艺表演。到了宋朝，弄潮表演艺术达到高潮。竞技争优、水军检阅等形式也都随之衍生，弄潮成了游人观潮的又一大看点，成为诗人笔下惊叹的诗篇。

一、惊艳弄潮惹人叹

浙江词六首　其四
〔明〕田艺蘅①

自古人看八月涛，就中十八浪能高。
弄儿出没烟波里，手舞红旗战海鳌。

杭州人喜欢江潮，尤其喜欢家门口的钱塘江大潮。对此，古人有"八月十八潮，壮观天下无"之赞。在他们看来，钱塘江潮涌起的那刻，卷起的巨浪有一种壮丽磅礴的气势。这是自然力量在江水中的凝聚与再爆发，

---

① 田艺蘅，明代文学家，字子艺，浙江钱塘（今杭州）人。

是一种巨力之美。正是这种美，令杭州每年吸引着无数游人前来观潮。

吴、越时期，杭州出现了立伍子胥为潮神、弄潮迎神的民间风俗。后来又发展出祭神祈福、检阅水师等多种活动。到了明朝，钱塘弄潮已经发展为观潮时必看的当地民俗。弄潮儿们往往都是善泅健儿，他们不惧风浪，敢于迎着凶猛的潮头，搏浪而上。观看的人无不鼓掌叫好。

明代作家田艺蘅和好友蒋灼，就被弄潮儿们的表演所震撼。他们手持红旗，乘风破浪，毫不畏惧江潮的威力，极尽所能表演着各自的技艺。

田艺蘅是明朝诗词大家田汝成之子，自小便聪颖警敏，能成诗文，颇得田汝成真传。但田家的官运似乎止步于田艺蘅身上，他七考七落，眼下依然是一介布衣，居住在杭州城里。

明嘉靖四十年（1561）的一天，田艺蘅命人将矮桌摆到院中，自己则抱着酒壶躺卧在旁边铺好的凉席上，百无聊赖地翻着父亲的藏书。他和蒋灼本来约好离家同游，却因对方临时有事，出行计划只得搁置。

此时正值仲秋，处理完事情的蒋灼急忙赶来找好友赔礼道歉。为了弥补自己爽约的过错，他承诺陪田艺蘅去参加个更有意思的活动——观看钱塘江大潮。

蒋灼早就听田艺蘅说要去钱塘江一观壮阔江潮，但苦于事多，始终未能成行。眼下恰逢八月，正是观潮的绝佳时机。

好不容易挨到八月十八。这天，蒋灼早早就来到田艺蘅家，事先接到邀请的田艺蘅也早已做好了出门的准备。不过，田艺蘅虽然知道这天要出游，却对去向、用时一概不知。

走着走着，田艺蘅突然停住了脚步，转头惊诧地对蒋灼说："看这路线，难道你要带我去观潮？"他虽然没观过潮，但毕竟在杭州生活多年，这条路通往何处，他还是非常清楚的。

看到对方狡黠的笑容，田艺蘅心中顿时明了，蒋灼就是要带他去看潮。田艺蘅不禁佩服好友的细腻心思，这主意颇得他心。

蒋灼提出先和田艺蘅在周围走走看看，再登高远眺。两人因逗趣发出的笑声，在江潮涌起之时戛然而止。他俩都被那浪高潮大的景象震惊了，田艺蘅更是发出"秋风卷入海门关，白浪高于龛赭山"的感叹。

他们目不转睛地看着远处的江水翻卷奔腾，不时发出惊叹，江中那举旗挥舞的弄潮儿的表演更使他们大呼不虚此行。弄潮儿们像是江潮的主人，游刃有余地在潮水中穿梭往来，他们手中的红旗时隐时现，像是在向江海中那些挑起风浪的海鳌宣战。

百姓的目光被弄潮儿们的表演吸引了。伴随着声声叫好，田艺蘅对着江潮咏出："弄儿出没烟波里，手舞红旗战海鳌。"

之后，经验丰富的弄潮儿们继续操控船只，进行更为惊险的表演。只见江面上原先横七竖八停着的船只都扎进了风浪里，时而现出水面，时而隐于水下，有的船只甚至直接被掀上半空，让人看了忍不住担心下一秒船上的人就会因站不住而落入水中。

但是眨眼间，他们又凭借自己高超的技艺化险为夷，平稳地操控着船只落在江面上。岸上的人忍不住纷纷鼓掌叫好，几个胆大的人还探出半个身子朝他们挥动手臂以示鼓舞。

而后，弄潮儿们又操纵着船只变换各种造型，聚集，散开，再聚集。几个回合下来，江潮的势头越来越弱，江岸上的人却欢欣鼓舞，铆足了劲地鼓掌呐喊。

田艺蘅看了看周围的人，发现众多观看弄潮者的表

〔唐〕李昭道《龙舟竞渡图》

情都不尽相同，有人只是面露惊讶，有人则惊到捂住眼睛。他想起宋代诗人潘阆曾称赞弄潮道："弄潮儿向涛头立，手把红旗旗不湿。别来几向梦中看。梦觉尚心寒。"仔细想来果真如此，要是有人夜里梦见自己弄潮，经历那表演中的一幕幕，恐怕真会惊出一身冷汗。

两人还听说，往年还有弄潮比赛，那些弄潮儿个个身怀绝技，即使身处奔腾的巨浪中，也能自如嬉戏。他们手持彩旗，上下翻滚，只有旗尾不沾水者，才称得上优胜。这一刻，田艺蘅心里有些后悔：为什么身在杭州，却没有早些前来看潮，反而等到现在。

此时，江潮还在发出声声嘶吼，弄潮儿们也在极尽所能地向观众展示自己的技艺。蒋灼看好友始终兴致高涨，便知道这次观潮不虚此行。他轻轻呼出一口气，心想总算没有辜负田艺蘅先前对钱塘江大潮的期待。而此时的田艺蘅完全沉浸在观潮带来的震撼中，早把蒋灼爽约之事抛到脑后。

此次之后，他俩诗歌唱和不断，交情更甚。

二、弄潮趣多另有悟

弄潮曲
〔清〕郑板桥[①]

钱塘小儿学弄潮，硬篙长楫捺复捎。舵楼一人如铸铁，死灰面色睛不摇。潮头如山挺船入，樯橹掀翻船竖立。忽然灭没无影踪，缓缓浮波众船集。潮平浪滑逐沙鸥，歌笑青山水碧流。世人历险应如此，忍耐平夷在后头。

清雍正十年（1732），在距杭州二十余里的驿站旁，

[①] 郑板桥（1693—1766），原名郑燮，字克柔，号理庵，又号板桥，人称板桥先生。

一位身穿素布长衫的男子正在气喘吁吁地赶路，手里的包袱被他当成遮阳的工具挡在头上。他就是后来名动天下的画师郑板桥，可此时，他还只是个生活贫苦的卖画文人。

时值秋季，但一直赶路的郑板桥还是走得身上汗津津的。和他疲惫的身体形成强烈反差的是他脸上消不下去的笑意。他刚从江宁（今江苏南京）回来，在不久前的乡试中中举，这下可是圆了全家多年的愿望。

满心欢喜的郑板桥本想直接回家，但路上听说好友金农此时正在杭州，所以特意绕道杭州看望。他俩于雍正十年结识于广陵（今江苏扬州），因为仰慕彼此的才学而成为好友。

郑板桥出发前给金农写过书信，因此金农早早就在城门口迎接他。一年未见，还没等走到下榻的地方，两人已聊得停不下来了。几日后，金农决定带郑板桥去观看一场精彩的水上表演。

这天吃过早饭，两人收拾妥当就赶往钱塘江边，生怕去晚了，被人抢了最佳观看位置。还没走到，他俩远远地就看见钱塘江岸已经聚集了不少人，吆喝卖东西的小贩，呼喊小儿不要乱跑的父母，百人百态。见此情景，两人相视一笑，白起个大早，既然如此，就只能随便插缝找个位置静待了。

空中太阳璀璨夺目，上游江水被照耀得闪烁发光。倏忽间，远处来了一片巨浪，浪潮冲击，激荡出无穷水花。潮水搅动着江水，形成如同风云雷霆一般的汹涌潮势。江潮固然壮丽，但郑板桥的目光全集中在江中的弄潮儿身上。

只见他们有人拿着竹篙，有人拿着舟楫，手上动作一刻不停，一会往水下按压，一会向后拂掠潮水，努力保持船体在江中的平衡。看他们的样子，年纪应该都不大，但个个表情严肃认真。再看船上的掌舵人，面容肃穆，直视前方，身体好似铁铸一般纹丝不动，直直地立在船头。

潮水高涨，仿佛千军万马呼啸而过。一道势头强劲的潮水向弄潮儿的船涌来。顷刻之间，船上的樯橹被掀翻，整条小船都被潮水冲荡得竖立起来。紧接着扑打过来的江潮就毫不留情地卷没了水面上的所有船只。就在众人心惊胆战，为这些孩子的性命揪心之际，潮头一改先前的凶猛澎湃，变得和缓不少。那些小船又重新搏击在江面上，在领队的指挥下向中间聚拢靠近，继续表演。

郑板桥的目光紧紧追随着弄潮儿的动作，跟着他们的表演时而紧皱眉头，时而欣喜大笑。站在他旁边的金农打趣道："光看你的脸，我就知道江上是什么情况了。"

被好友取笑的郑板桥转头看了看周围的人，发现大家都是如此，目视前方，脸上变换着各种表情。连刚才打闹的孩子此刻也被父亲扛在肩膀上，聚精会神地看着江中表演。

江潮的声响越来越小，慢慢地，江面上看不见任何波浪了。潮水也随着时间的流逝慢慢归于平息，像从没有来过一样。虽然弄潮表演已经结束了，但郑板桥和金农谁也没提出要走，他俩保持着和看潮时一样的姿势，继续远望江面。

此时远处的江面一派祥和，弄潮儿在无波的江面上肆意操控船只，追逐沙鸥。郑板桥透过这景象想到了自己："潮平浪滑逐沙鸥，歌笑青山水碧流。世人历险应如此，

钱塘江潮

忍耐平夷在后头。"

郑板桥出生时，家道已经中落，因此生活很是贫苦。家中的经济来源全靠他父亲在私塾当教书先生维持，但康熙六十一年（1722）时，他父亲因病离世。这一变故让郑板桥的生活更加清苦。无奈之下，为了撑起养家重任，他在雍正元年（1723）开始卖画。

想起自己这些年的卖画经历，郑板桥真是一把辛酸泪无处挥洒，他将之记录为"乞食山僧庙，缝衣歌妓家"。好在现在山回路转，乡试中举让他看见了出路，他把这次中举看作是改变窘境的曙光，希望可以因此跻身仕途，改善困境。观完潮的郑板桥除了惊诧于江潮壮阔外，心中还不由得生出一种柳暗花明之感。

金农看着郑板桥嘴角挂笑，以为他还沉浸在方才观潮的喜悦中，不禁纳闷这潮的魅力竟如此大。正想询问，没想到郑板桥却抢先开口："世人历险应如此，忍耐平夷在后头。"

金农这才意识到好友这是见景生情，看到弄潮儿几番惊险，终渡过险关，最后一片风平浪静，联想到了自身境遇。思及此，金农拍了拍郑板桥的肩膀表示宽慰。

郑板桥不知好友的心理活动，倒是被他这一动作弄得一惊，正要转头，却被夕阳夺去目光。此时正值黄昏，橙黄色的光晕洒满江水，水面波光粼粼，两岸景色更显秀美。

这天过后，郑板桥和金农又在一起待了几日，才各自前往下一站。

第二编

富春江

风平浪静，水波不兴

山水画第一神品《富春山居图》所绘的正是富春江美景。富春江是钱塘江的中游，江面开阔，处于群山之中。全长一百一十千米，流贯浙江省桐庐、富阳两地。自梅城以下五千米至芦茨埠附近为峡谷段。

富春山青，富春水清。清澈的江水流淌到深谷中，变得沉静幽深。风到这里也开始心平气和，温温柔柔的，不掀起一点波澜。平静的富春江就像是嵌在秀丽山林中的一面镜子，摄入了富春山的灵秀，青碧可爱。山水一色，也让富春山显得更绿了。这样的绿水青山，金银不换。

一、山青水碧如画卷

桐庐县作
〔唐〕韦庄①

钱塘江尽到桐庐，水碧山青画不如。
白羽鸟飞严子濑，绿蓑人钓季鹰鱼。
潭心倒影时开合，谷口闲云自卷舒。
此境只应词客爱，投文空吊木玄虚。

唐末的山水画在古拙的风格中多了些精巧繁密，唐

---

① 韦庄（836—910），字端己。

末的诗也是如此。他们将山水中的树林由远到近极尽描绘，让读者倾尽想象力也无法看到更远的地方，勾勒的线条也细且富有弹性。这样的美感是唐末圣手韦庄创造出来的，他带着独有的忧伤，将一段天下奇绝的山水，写成了画卷。

这独一无二的一段山水就是富春江。江浙之地有唐代人眼中"好风吹落日，流水引长吟"的好风光。富春江两岸山色清翠秀丽，江水清碧见底，前人曾说"天下佳山水，古今推富春"。这里水流平缓，物产丰富，两岸村庄密布，大江贯穿桐庐、富阳、梅城。

富春江群山青翠，江水平静。唐人喜游历山川，也爱追随名人、游览古迹。韦庄到此地时，已是唐光启三年（887）。

他一路南下，终于在金秋时节到达清河（今河北邢台），在此上岸后，得知江南战事已毕，决定就此返回浙西。小船驶入富春江段时，韦庄已经沉浸在无限的震撼中。

这一日，秋风乍起，天上只有几丝被风吹散的云。韦庄的船行至桐庐，那里群山青翠，倒映在水中。前人都说江水碧绿是因为水面平静，将两岸景色照进了江水中。可是在韦庄看来，这就是一幅绝美的山水画，江水碧绿，像是画笔点染。行在江中，绿意也恰到好处，没有盛唐时浓墨重彩的瑰丽，而是多了一份清新。两岸的山水树石，像是出自名家圣手，笔格遒劲。

行到群山尽头，山间云气缥缈，岩岭幽静，像是能目睹神仙之事。韦庄被富春的山水深深迷住，于是他写道："钱塘江尽到桐庐，水碧山青画不如。"

韦庄说山水如画，可想要感知山水的魅力，还需感受一段山水独有的情感。他用对空间感和纵深感的高超控制力，将这山水画付诸笔端。

船还未过桐庐，可是他知道再往西走就是严子陵的钓台。韦庄想着山青水碧的富春江，那里一定是鸥鹭低回，碧绿色的山谷配以灵动的白羽鸣叫，岸边还有钓翁垂钓，咬钩的鱼都是江中鲈鱼。可是在韦庄眼里，这鱼还有不同的含义。

这鲈鱼味美鲜嫩，早在晋朝就有名臣张翰（字季鹰）因想念故乡鲈鱼、莼菜的鲜美而辞官回乡隐居。后人也将鲈鱼称为季鹰鱼，表达隐士风范。在韦庄的心中，这就是西边钓台应有的模样。青山间白鸟飞过，江边的钓翁闲适安逸。在动静结合间，韦庄看到一幅远离朝政和家国天下的山水画。

当船行到两峰尽头时，水中的倒影也跟着消失。天地融为一体，就好像是开合的门户，韦庄的小船像是要冲破山谷深处的云雾，在重峰闲云中远游，如同进入了一幅曲折的画卷。

唐人的山水画，讲究意境格调，也讲究移步换景，悠游江山。韦庄按照作画的笔法将富春的山水由近到远、从实到虚描绘了一遍。

景物看罢，韦庄心想没有一人和自己同游，也是可惜。这如画的景色，有着盛大气象的开阔，有着山谷奇景的仙气飘飘，还有隐士的清闲高洁。恐怕纵观千古都没有人能真正读懂这般美景。

正当韦庄有些恍然若失的时候，他想到一个人——

木玄虚。

此人原名木华,字玄虚,西晋人。他曾写过一篇《海赋》,将大海的浩瀚气势、丰富物产和神怪精灵写得壮丽多姿。其中有一句"若乃大明轙于金枢之穴,翔阳逸骇于扶桑之津",将大海的波涛汹涌、变幻无穷展现得淋漓尽致。

韦庄觉得从古到今恐怕也只有木玄虚能读懂这美丽的山水风景,恐怕也只有他能领悟自己所作的诗中的奥妙。身处唐末的韦庄,一种孤寂感油然而生。这孤寂是他一人在千里江山中乘舟游览的孤寂,是他在战乱时四处遁逃的孤寂,也是他所生时代再无伯牙、子期的孤寂。

最后,他只能空对这富春美景,感叹一声"此境只应词客爱,投文空吊木玄虚",便乘船漂向了远方。

二、春来水绿千峰影

富 春

〔唐〕吴融①

天下有水亦有山,富春山水非人寰。
长川不是春来绿,千峰倒影落其间。

天下有很多名山大川,那些不过是人间的景色,富春的山水却好似仙境一般。富春江里的水绿波荡漾,那不是因为春天来了,而是座座青山的倒影落在里面。唐末诗人吴融爱富春江水的平静却总不肯直说,非得拐个弯,将江水比作明镜,说青山倒映其中,映得江水绿波荡漾。这样的行为反而更让人对富春江的平静产生遐想,渴望探寻吴融眼中的富春江。

① 吴融(850—903),字子华,越州山阴(今浙江绍兴)人。

唐大顺二年（891），受到韦昭度讨蜀失败一事牵连，吴融被贬荆南。因对朝政失望，他从荆南南下。身无分文，却要辗转各地，他不知道要到哪儿去。京师肯定回不去了，又没有官位俸禄，不如归隐故乡，采菊东篱。于是，吴融这个失落的异乡人踏上了回故乡越州山阴（今浙江绍兴）的旅途。

从荆南走陆路一路向东，到了浙江衢州。吴融在路上因囊中羞涩，艰难度日。他想方设法搭上了一艘从衢州到杭州的船。当船行到富春江上时，吴融望着富春山水，只觉得一路上遭受的所有痛苦都化成了对富春山水的赞叹。

一路奔波，他上船之后就沉沉地睡着了。等他睁开眼，已经是第二天，外面阳光灿烂。吴融睡眼惺忪地走到船舷边，阳光晃得他睁不开眼睛，他开口问船家："我们可是到桐庐了？"船家回应说："客官，已经过了梅城（今浙江省建德市梅城镇），马上就到桐庐了。船就在富春江上走着呢！"

吴融简直不敢相信自己的耳朵：这就到富春江了？

〔元〕黄公望《富春山居图》（局部）

过了富春江就是钱塘江，然后就进入杭州境内。从杭州走浙东运河，很快就能到吴融的老家越州山阴了。怀着很快就能到家的喜悦，吴融欣赏起富春江的美景来。

富春江将吴融送到富阳，重重的山林争着抢着迎接他。富春的山水好似热情的乡人一般，向吴融敞开了自己的怀抱。富春江风景秀美，到了桐庐之后，江面开阔起来。江底有很多沙石，江面可见一座座白色的沙汀，船行其中，自由随性。清晨的雾还没有散开，薄薄的一层在半山腰处徘徊。

待云雾散去，蓝天高远，万里无云。周围群山青翠，由近到远都是深深浅浅的绿色。江面平静而宽阔，一时间除了吴融这一艘船再无其他。江面如同明镜一般，倒映出万千山峰的影子。若按照"青，取之于蓝而青于蓝"的说法，青色和蓝色是一色的话，整个天地间便再没有一点杂色。

山风迎面而来，望着眼前这纯净的山水，吴融觉得自己好像穿越了时空，来到白居易笔下"春来江水绿如蓝"的江南。他深深地吸了一口气，仿佛已融入天地间，化作一阵风,又或者一片云,随着这山川的脉动而流动呼吸,逍遥而自在。在一刹那间,他开始恍惚起来:自己是不是进入了人间仙境呢?

他忍不住提笔写下这富春江畔的美景。他想写这群山翠绿,水平如镜,想尽词汇也无法表达万一,写江水的句子也是一改再改。而灵感却是一瞬间的事,就在吴融为遣词造句发愁时,他的脑海中突然闪过一道闪电,兴奋地吟道:"天下有水亦有山,富春山水非人寰。"

吴融一路欣赏"长川不是春来绿,千峰倒影落其间"的富春江景色,在他眼中,天下山水无数,富春江的美就在于它的平静。他为富春江水的平静所震撼,也被富春山水的美所吸引,不由发出"富春山水非人寰"的感慨。

船满载着他的陶醉和欣喜,行驶在如画的富春江上,连绵不绝的山峰在两岸排开。从早到晚,江上船来船往,却无损富春江水的平静。到了傍晚,这一川的美景反而越发清新动人。暮云低垂,远处渡口上帆影重重。潮水起起伏伏后退,水鸟纷纷飞回岸边。江边的柳树林逐渐模糊了起来,十里桃花只余下淡淡的粉色剪影。只有江水平静依旧,江面如同从一面仕女妆匣中取出的铜镜,隐隐照出两岸的轮廓。

吴融感到自己一身的碌碌风尘也被江水冲散了,不由感慨这真是一个清逸安宁之地,在这儿了此余生也应是一件赏心乐事。或许在风流的魏晋南北朝时期,谢灵运也曾拂过江边的柳树枝条,掬起江水荡涤尘埃;或许在那片桃花林的深处,也藏着一群"不知有汉,无论魏晋"的秦人,等待着武陵人闯入他们的桃花源。

夜幕降临,前方就是严子陵的钓台了。

当年严子陵就隐居在这里。年轻时不为功名利禄的事情烦心，学富五车，也不夸耀自己的才能。隐居之后，刘秀苦苦求他出山，他只求独善其身，乐得清闲自在。想到这里，吴融更渴望留在这里，留在这山水之中。他又写出了一首《富春》：

水送山迎入富春，一川如画晚晴新。
云低远渡帆来重，潮落寒沙鸟下频。
未必柳间无谢客，也应花里有秦人。
严光万古清风在，不敢停桡更问津。

吴融心想，自己虽然不敢比肩严子陵，却也可向他学习，隐逸山川，独善其身。徜徉在山水之间的吴融，渐渐忘记了流放和贬官的痛苦。青山绿水倒映在如镜的江面上，吴融的内心也如明镜一般，春来水绿，千峰倒影落其间。

在乱世之中，富春江以其难得的平静安宁成了吴融心中的桃花源。吴融爱富春江明镜一般的平静，也爱其落入镜中的千峰翠绿，如诗如画。

为了这富春江，吴融没有回到故乡，而是留在了杭州。九年之后，他被召回朝廷做官，一生都在宦海沉浮，富春江也成了他内心世界的一块明镜，时时提醒他不要辜负这绿水青山。

三、一湾明镜起烟岚

富　阳

〔清〕宝廷[①]

无水嫌山枯，无山嫌水俗。我爱富春江，上下同一绿。乱山扼江流，数里一回曲。烟岚并水光，不雨

[①] 宝廷（1840—1890），爱新觉罗氏。初名宝贤，字少溪，号竹坡。后改名宝廷，字仲献，号难斋，晚年自号偶斋。

烟岚云岫富春江

山如沐。奇峰倒影垂，明镜照碧玉。孤城带荒台，野寺连修竹。

在清朝第一诗人宝廷看来，富春江的平静是其绝美风光中画龙点睛的一笔。正因为富春江水平如镜，奇峰才能倒映其间，从而成就了富春江的美。没有山色映衬，水平如镜也只能照出一江空茫；没有江水润泽，千峰竞秀也显得枯乏无味。山色映衬在明镜般的江水中，如诗如画，才成就了富春江的灵秀。江水起烟岚，润泽了山色，也给富春江增添了几分江南烟雨的婉约朦胧。

富春江两岸是山地峡谷地形，谷坡陡峻，形成了高山幽谷。再加上气候湿润，降雨量大，江水流量大，形成了水平如镜、烟岚云岫的独特美景。

清同治十二年（1873）六月，宝廷担任浙江乡试的副考官。公事办完后还有一段空闲。他早就听说富春江"奇山异水，天下独绝"之名，也对《富春山居图》中描摹的富春山水向往已久。好不容易来到烟雨朦胧的江南水乡，钟情山水的宝廷便忍不住要四处寻幽探奇，游山玩水一番。

拎着酒壶，宝廷就踏上了富春江的游船。

在宝廷心中，对山水有一番独特的评判标准。在他看来，"无水嫌山枯，无山嫌水俗"，江水与山色完美结合，才是最佳的山水。一见富春江，宝廷就想起了南北朝诗人吴均《与朱元思书》中记载的"天山共色""水皆缥碧，千丈见底"。宝廷一直以为这是诗人使用了夸张手法，没想到这竟是写实。

放眼望去，富春江就像是一面镜子，千峰竞秀，深深浅浅的绿色一气倒映在富春江水中，靛蓝、碧绿、竹青、水绿、艾绿……江山一色的绿，乘船穿行其中，令人分不清哪处是江，哪处是山。江面的平静完美地结合了山色，无怪乎宝廷直言"我爱富春江，上下同一绿"了。

山势控制了江流的方向，富春江每隔数里就随山势曲折一回。一路向前的江流被高山拦腰截住去路，干脆就拐个弯，绕过去，迂回前进。绕一个弯就是一回曲。层层叠叠的山峦连绵起伏，令人数不清究竟有多少重山，也就数不清有多少曲折。这样的曲折使得江水并不能一眼望到头，就像是在文章中设置了悬念，并不平铺直叙，给人一种"山重水复疑无路，柳暗花明又一村"的趣味。

也就是这样的曲折，让富春江上有了烟岚雾霭。船行至深谷，两岸青山愈发地高了，树林也愈发地茂密。蒸腾的水汽被高山留住，滞留在山谷间，使得富春江上烟波浩渺。"行到水穷处，坐看云起时"，描述的就是这般景象。从质地厚实的土壤中，从少有人踏足的草木山林里，从静静流淌的河流上生出迷蒙的白色雾气。明明没有下雨，山林却好像洗过了一般干净清新，带着湿润的水汽。仿佛有一场看不见的大雨，将所有的尘埃都带走了。山峦之间云雾之气弥漫缭绕，江面映出白茫茫的水色。

水皆缥碧，千丈见底。江水越深，江水越清，江面就越平静。江中仿佛藏了另一个世界，风浪都无法动摇它。水波淡淡，水光接天，水中游鱼就像是漂浮在空中一般。丝草轻轻招摇，水底细石清晰可见。等到烟霭雾气都被山风吹散，江面就成了一面宏大的镜子，阳光投射其中，被江水留下了它的色彩，江水中的山峰倒影也越发清晰明亮，就像是碧玉雕琢而成。

富春山的倒影垂落在富春江上，茂密的山林为富春江染就一川绿水；富春江化作富春山的明镜，为富春山映照出一山翠色。水为山增添了丰润，使之不至于枯燥；山为水增加了新鲜感，使之不至于烦腻。山与水在这里完成了一程和谐的互相成就。江山一色，金银不换。

远望青山，一座孤零零的城池在山林间露出只檐片瓦，断壁残垣，长满了荒草的高台，引得宝廷生出无限遐想。那是否吴越大战时的驻兵之处？又或者是被废弃的桃花源？匆匆一瞥，也不得而知了。

行到水浅处，江边青山半山腰上出现一座不知名的寺庙。这寺庙被丛丛竹林包围着，只露出一角翘起的屋檐。竹林萧萧，山寺肃静苍茫。

宝廷很喜欢竹子。他号"竹坡"。出生前夕，他父亲做了一个梦，梦到一丛挺然干霄的霜竹。他喜欢竹子虚心有节，喜欢竹子"咬定青山不放松"的坚定。

看着竹林,宝廷生出兴趣。他想,醉卧竹林间,伴着竹子的清香和富春江的水声入眠,醒来就能得见富春江景,也是美事一件。于是他拎起酒壶,喝尽最后一口,将船停在江边,踏着生出杂草的小径,向着寺庙走去。一边走一边低声吟唱:"烟岚并水光,不雨山如沐。奇峰倒影垂,明镜照碧玉。"

在宝廷的笔下,富春江就像是美人手中的镜子,镜子越明亮,就越清晰地照出美人的容颜。江上的烟岚就像是时光给镜子施加的魔法,照得不那么清晰,隐隐绰绰间反而添加了几分婉约。

清澈的江水冲刷着岸边一片宽远的白沙地。一艘小船停在江边,被江水推动又被船锚固定住。白沙地上有点点枯苔,远处是一片片小树丛和土坡,岸边有一座简陋的小码头。白沙地上还未被江水冲刷掉的脚印告诉人们,船上的人刚走不久。

四、玻璃镜里翠山迎

富春至严陵山水甚佳
〔清〕纪昀[①]
浓似春云淡似烟,参差绿到大江边。
斜阳流水推篷坐,翠色随人欲上船。

自古以来,江南山水就颇得文人雅士钟爱。一说游山玩水,他们的首选之地多在江南,尤其是杭州一带。也因是如此,关于杭州的山水赞诗层出不穷。其中不乏一些对富春江的奇山异水格外欣赏的诗句。

富春江位于浙江中游,江水不似上游新安江那般湍急激荡,也不似下游钱塘江那般江潮汹涌。它凭借着天

[①] 纪昀(1724—1805),字晓岚,别字春帆,号石云,道号观弈道人、孤石老人。

弄潮诗韵绕钱塘 HANG ZHOU

下独绝的清澈无波，深受无数游人青睐。加上两岸层峦叠嶂，青翠郁葱，更引得无数诗人流连。

从南北朝时期谢灵运开始全力创作山水诗以来，这一诗体便被历代诗人不断继承并发扬光大。山水诗讲求意境，追求景物的状貌声色，其中山和水，有一即可。富春江却不然，它的美只有山水结合才能达到极致。

富春江水清山翠，山、水缺一不可。整个江面清澈得足以映出两岸群山，就连那山峦树木的青翠都毫不省

第二编 富春江

富春山居

略。江中倒影清晰真切，乘船而行，犹如在山间穿行，顿时有"两岸蒙蒙空翠合，琉璃镜里一帆行"之感。游览至此，人们无不被富春美景所震撼。

在清朝文学家纪昀的眼里，富春江的魅力除了自然山水之美，还有文人特有的情感。

清乾隆四十五年（1780），上元节刚结束不久，乾隆皇帝便开始了他的第五次南巡。这一次，有时任内阁学士兼礼部侍郎纪昀伴驾出行。

纪昀得知这一消息后欢欣雀跃，立马收拾行李准备出发。他之所以如此激动，除了因为此次南巡能伴君左右外，他还藏有私心。他一直身在京城，早就听闻江南风景如画，其中杭州山水更是奇绝。此番南下江南，他着实想要一饱眼福。

除了令他心驰神往的自然景色，他还想要搜集些民间的逸闻趣事。他有收集坊间怪谈的习惯，这次正好趁机去民间打探一二。早前听人说起梅城有苏小小魂魄现世，虽然他心中不信，但还是免不了好奇。

抱着异样心思的纪昀和皇家浩浩荡荡的队伍一起出发了。连日奔忙后，一直陪在乾隆身边的纪昀终于有了属于自己的闲暇，便打算利用这段时间去江边转一转。出发之前，他先换了身较为朴素的衣裳，这才拿着扇子出了门。

一路上，富春江景色宜人，像极了一幅山明水秀的山水画。画技精湛，刻画工整，点、线、面配合默契，和谐统一，宛如大师之作。纪昀站在船头，大呼"沿江无数好山迎，才出杭州眼便明"。

他目不转睛地望着前方，生怕错过一眼好风景。元代诗人李桓有"天下佳山水，古今推富春"之言，纪昀曾经觉得这话说得太过，眼下却觉得这话形容得还不够，或许只有"奇山异水，天下独绝"才能完全描摹。

水清得像一面玻璃镜，将两岸青山照映得分外清楚。纪昀乘坐小船，置身其中，整个江面全是两岸景物的倒影。只有微风拂动，水面惊起层层涟漪时，那断开的山峦才打开自己的假面。水中有山，山将水映得又清又绿，山水通体一片青翠碧绿。

从明朝开始，扶乩诗蔚然成风。文人喜爱吟咏诗伎女仙，企图借用扶乩的气氛寻找一种亦真亦假的隔世之感，或娱乐消遣，或借此自咏。所以，当传闻有人在梅城看见南齐歌伎苏小小时，很多文人争先来此出游，想要一见佳人真容，却都失望而归。纪昀也心生好奇，但又不相信神鬼传说，权当无稽之谈。

船依旧缓缓向前，听船夫说，前面就是梅城地界。这话使方才还沉浸在山水之中的纪昀打了个激灵。关于苏小小，明代张岱记有"苏小小者，南齐时钱塘名妓也。貌绝青楼，才空士类，当时莫不艳称。以年少早卒，葬于西泠之坞"数语。纪昀站起身，伫立船头，不知不觉间，竟然满腹感慨。

越过山水，他仿佛真的看见了苏小小。她一如书中所写那般美貌，举手投足间尽是大家气韵。此时的纪昀早已将鬼魂之事抛到脑后，心中全然是对苏小小逝去多年的惋惜和对她重情重义的钦佩。

苏小小出身名门，但身世多舛。在爱人阮郁离去不归时，她依然情意难忘，苦苦等待。也是在这时，她资助穷困书生鲍仁进京考试，使他最后应试登第。可惜红颜薄命，她在第二年就染病去世。

纪昀想到这儿，觉得历史上有众多文人写诗咏叹苏小小也就不足为奇了。等他回过神，发现周边景物依旧，以为自己还在原处，却不想被告知船已走了大半。身处其中，时间似乎都已停滞不前，唯有那落日才预示着一天的结束。

夕阳西落，温柔的光晕染不红满地的绿意。此时已在船舱里坐下的纪昀，还在贪恋地望着四周景色，茂密的山峦和树林在两岸一字排开，紧密但不拥挤。船过留痕，层层涟漪惊扰一江绿水。

船篷遮挡住了视线，纪昀索性将船篷推开，眼前的视野顿时变得开阔。这下，绿色更浓烈了。不光视线所及之处满目绿色，他甚至感觉那绿色还在他身后紧紧追随，直至涌上船头。越往深处走，景色越佳，心中有感，脱口而出："斜阳流水推篷坐，翠色随人欲上船。"

回到杭州城里的纪昀感受到了不同于静谧山水的烟火气。市集上琳琅满目，繁花似锦，他想起苏小小"芳魂不殁，往往花间出现"，便望着那花许久。

富春江之行，纪昀满载而归。他目睹山水之美，感伤苏小小之殁，别有会心。乾隆五十四年（1789），也就是这次南巡后的第九年，纪昀开始着手写作《阅微草堂笔记》。书中记载了他在江南搜罗到的很多乡野怪谈和趣闻轶事，苏小小之事也在其中。

参考文献

〔清〕宝廷：《偶斋诗草》，上海古籍出版社，2005年。

金强：《晚唐诗人吴融身世家族》，《华北理工大学学报：社会科学版》，2008年第4期。

夏承焘：《韦端己年谱》，载《唐宋词人年谱》，上海古籍出版社，1979年。

水面开阔，大江东流

富春江属于钱塘江水系，这一段江面较开阔稳定，江水流势缓慢，看上去水面极其平静。

富春江那天下独绝的美，已通过诗人吴均的《与朱元思书》使世人皆知了。作为钱塘江中游的富春江，它不似下游那般气势如虹，汹涌磅礴，也不像上游那般急湍险峻，它更像一位少女，温柔平静，但坚韧勇毅。

秀美的山水为出游的士人提供了灵魂休憩的最佳地点。他们有人在一片山清水秀之中重拾前行的信心，也有人借泛舟富春江上纾解自己仕途不顺，想要遁世山水的隐居之心。

一、晚潮渚平江水阔

秦处士移家富春发樟亭怀寄
〔唐〕李郢①

潮落空江洲渚生，知君已上富春亭。
尝闻郭邑山多秀，更说官僚眼尽青。
离别几宵魂耿耿，相思一座发星星。
仙翁白石高歌调，无复松斋半夜听。

① 李郢（817—880），字楚望，家住苏州，祖籍长安（今陕西西安）。

杭州经过李泌和白居易等多任刺史的治理，名声更甚。尤其是疏浚后的西湖，更是南下游人最爱的美景。

杭州地处东南，雨水充沛，植被茂盛，除西湖外，其他湖泊也不少。其中富春江江面开阔，江水清澈，将两岸景色尽数映在其中，具有"水碧山青画不如"的独特美感。但凡到过富春江的诗人都会为这一段秀美的江水惊叹不已。

唐大中十四年（860），诗人李郢再次乘舟于富春江上。他站在船头，眼睛快速地浏览着两岸风光，心里觉得船还可以行进得再快一些。时隔多年再来杭州，他迫切地想要饱尝富春江的独绝风景。

富春江虽然地处江南，但四季景色各有不同。春天草长莺飞，满眼绿意，郁郁葱葱。若是江岸春花开遍，一阵清风吹过，就会花香四溢。盛夏时节，富春江边成了杭州人最爱的去处，城里的酷热被这里的山水消解，两岸的重峦叠嶂形成一堵天然隔热墙，江水成了纳凉的工具，时常有附近的孩童在江岸边嬉戏打闹。

等到深秋，富春江又成了另一个样子。此时的青山有了不少红绀色和金黄色的秋叶，看上去整个江岸就像一幅色彩斑斓的彩色画卷。江水不改清澈本色，依然透亮见底，加上岸边景色映江，给秋日里的富春江增添了很多别样的风采。

尤其到了夕阳西下时分，富春江更是美得叫人挪不开眼。落日余晖铺满整个江面，远远望去千里澄波，偶尔还有群雁在此栖息，置身其中，便感受到了岁月静好。李郢正是亲历过这种美才想隐居富春江的。

冬日的富春江比起其他季节，多了些肃穆之感。"物色寒初甚，溪山画不如"，别有风情。但由于气候湿冷，到此一游的人少了，江面上往来船只也少了。只有那时不时从山林中传出来的猿鸣，加深了山水中几分清冷的气息。

李郢虽是长安人，但他对杭州有着深厚的感情。他自幼就在杭州长大，后来又定居这里。在他的印象里，江南山水之美就在杭州。想到回家，他欢欣雀跃，一路上马不停蹄。除了访亲，李郢此番还要看望一个人。此人与李郢从小一起上学读书，其才学品行皆不在李郢之下。可是他拒绝入仕，甚至一直以来都不曾参加科考。此人就是秦处士。

唐宣宗大中六年（852），李郢在京应试落第，失落归杭。多年付出，收获寥寥，他不禁有了退意。而秦处士在家读书烹茶，自由自在，这让情绪低沉的李郢萌生出和秦处士一样直接隐世的想法。当时他就想，如果要隐居，一定要住在富春江边。

没想到，如今秦处士真的搬到了这里，这让已在官场摸爬滚打多年的李郢艳羡不已。

"富春江""富春江岸"……李郢一直呢喃着这两个词。在他的印象里，富春江还是那副青山绿水、两岸群山连绵不绝的样子。富春江流域广阔，地貌多样，山水的形态也各有不同。

七里泷一段是峡谷，水流湍急，遇石激荡，飞溅出阵阵水花。尤其是江水自上而下飞泻狂奔，恰如吴均写的"急湍甚箭，猛浪若奔"。周围高山也开始有所变化，多了些嶙峋怪石和陡峭山涧。再往下一段就是平缓沙洲，行在江面上，视野变得开阔起来，大有"夹岸高山，皆生寒树。负势竞上，互相轩邈。争高直指，千百成峰"之感。

越往下走，富春江水清山翠的特点就愈发明显。李郢记得昔日游览时，一路上尽在感叹这绚丽的江景。

如今再回想起来，那些景色依然历历在目。如今好友已经移家这里，李郢更是心情激动，他除了为秦处士能择一良地隐居感到欣慰之外，心中还多了几分艳羡。

李郢虽然身在朝廷，但几年的入仕生涯并没让他感觉心情舒畅，官场的几番沉浮反而让他深感疲惫，倒不如如秦处士一般，做个布衣文人来的自由闲适。此时，他希望自己能像神话传说里的白石先生一样，只是个隐居遁世的"闲人"。

想起和秦处士已多年不见，不觉有些思念，情之所起，李郢吟叹道："潮落空江洲渚生，知君已上富春亭。"

又过了几天，李郢在友人的陪同下去探望了秦处士。两人多年不见，再见仍是热聊不休，彼此不觉有丝毫嫌隙，仿佛他俩从未分开过。

两人走在富春江畔，各自细数着分别这些年的境遇。大多时间都是李郢在说，秦处士只是静静地听着。

李郢在回长安之前，又和秦处士游了一次富春江。行进途中，他再一次为大自然的鬼斧神工所惊叹。果真是"富春山水非人寰"，富春江犹如仙境一般，不似人间所有。

看见身旁淡然看着前方的秦处士，李郢觉得他和眼前的风景已经合而为一，都散发着恬淡的气质。行舟江上，李郢不免想起李白那句"不及汪伦送我情"，此时，他才真正有江水千里却不及二人情谊的真切感受。

二、富春江水敬你跃马提缨枪

泛富春江
〔南宋〕陆游①

双橹摇江叠鼓催，伯符故国喜重来。
秋山断处望渔浦，晓日升时离钓台。
官路已悲捐岁月，客衣仍悔犯风埃。
还家正及鸡豚社，剩伴邻翁笑口开。

"自富阳至桐庐一百许里，奇山异水，天下独绝。"南朝梁代吴均的一封书信将富春江的美告知天下，从此，这里成了山水的最高境界。

富春江流域气候湿润，雨量充沛，两岸群山连绵不断。一眼望去，重岩叠嶂，山容多变，或高峰入云，或怪石嶙峋，或满山青翠。富春江地处浙西，丘陵和平原错落，既有重山复岭，又有清澄江水，两岸群山在江水之外形成包围之势。若是置身其中，无不惊叹，山映水中，水照山崖，上下一色。

从唐代开始，富春江便是杭州的交通要道，肩负着沿海与内陆地区贸易往来的重任，亦牵连起南北诗人的交往。到两宋时期，富春江变得更加不可或缺。宋室迁都使大批文人南渡，杭州的文学气氛日渐繁荣。除了单纯咏叹山水，这时的诗人开始往山水中注入更多个人得失和家国情怀。

① 陆游（1125—1210），字务观，号放翁，越州山阴（今浙江绍兴）人。

诗人陆游就是其中一位，他多次往来杭州。每次途经富春江，他都心怀不同感情，在渴望归隐的失落和自嘲自解中挣扎，富春江水每一次都带给他宽慰。对于他来说，这一江清水就是他仕途的良药，让他排遣幽怨，坚定初心。

富春江周边布满古迹名胜，严子陵钓台和桐君山矗立两岸。无数出游来此的失意人都怀古自叹，直抒胸臆。

南宋绍兴二十三年（1153），二十九岁的陆游来到临安（今浙江杭州）参加考试。他参加的不是普通的科举考试，而是南宋的"锁厅试"。锁厅试是为已经考取功名的人或者皇亲国戚准备的。陆游之所以有此资格，是因为他长辈有功，他被荫补为登仕郎，这意谓着他能够继承家族的官职和荣誉。

这一次考试，陆游位列第一。出榜的那天，陆游开心极了，想着终于可以实现抱负，有一番作为了。然而，秦桧的孙子秦埙居于陆游之下，这让本就看不上陆游的秦桧大怒，于是从中作梗，初试时榜上有名的陆游，复试却一落千丈。

复试发榜那天，陆游心中愤懑。从春天初试到秋天复试发榜，都快一年了。陆游叹了口气：既然仕途无望，不如回家隐世。

船行在富春江上，心情郁闷的陆游怔怔地看着两岸景色。秋江的风景，色彩更加斑斓，不再是单纯的绿色。但江水依然不改清澈，从船上往下望去，江底碎石颗颗分明。黄叶飘落，落在水面，带起了一丝波动，轻微得仿佛什么都未曾发生过一样。

陆游想隐逸。两宋时，这种隐世不同于僧人、道士单纯出于宗教信仰的隐逸，而是出于对政治的逃避和对自由、潇洒的生活态度的追求，是一种两者结合下的美好憧憬。

"风烟俱净，天山共色。从流飘荡，任意东西。"历朝历代，很多人都选择隐居富春江，选择更为自由闲适的生活。陆游此时正置身其中，感受着他们的心迹。在他看来，这样的人生或许也还不错。

这条路，陆游已走过很多遍，对周围的环境更是了如指掌。陆游看着身后的一个地方出神，稍稍转好的心情又再次沉寂下去。他刚刚经过了严子陵的钓台，这让他开始重新审视自己：自古多少贤才在这片江山涌现，自己已近而立之年，却功业未成。一念于此，不禁黯然神伤。

船走远了，陆游索性将这些忧思全都甩在身后。固然江山代有才人出，但他也和严子陵一般，并不是没有真才实学，只是不想趋炎附势、屈于强权。他坚定了保持气节的决心，同时也坚定了自己只想隐逸，当个山野闲人的想法。

富春江还在静静流淌，它看着从它身上穿过的过客来了又走，走了又来。满江秋水没有因陆游的决定而留下什么痕迹，也没有因为他的悲伤而发生变化。

走过严子陵钓台，又见渔浦。这里，两岸不再是重峦叠嶂，富春、浦阳、钱塘三江之水皆流注于此，故水面更加辽阔，水产也更加丰富。远远看过去，还有匆忙的渔夫在渡口搬运打捞上来的水产。

回到家之后的陆游,正好赶上祭祀土地神后的乡人聚餐。看着老翁轻松的笑脸,陆游一路上已被纾解得差不多的坏心情,顿时烟消云散。激动之下,他提笔写下"秋山断处望渔浦,晓日升时离钓台"的诗句。

富春山水风光无限,"远岸平如剪,澄江静似铺",这让陆游沉浸其中,并萌发出隐居于此的愿望。

绍兴二十八年(1158),一直阻挡陆游入仕的秦桧病逝。陆游也在那一年初入仕途,得以入朝为官。后来,陆游又陆陆续续来了几次富春江,在他眼里,富春江的魅力不止山水,还有让他在低谷里振奋起来的力量。这也是他多次重游富春江的原因。

三、山水秀美鱼蟹肥

富阳舟中夜雨
〔南宋〕吕祖谦[1]
万顷烟波一叶舟,已将心事付溟鸥。
蓬笼夜半萧萧雨,探借幽人八月秋。

南宋绍兴二十六年(1156),年仅二十岁的吕祖谦随侍父亲吕大器出任福州(今福建福州)。眼下靠近中秋佳节,父子二人远离家族亲属,只身在外,尤感孤寂。

八月的福州依然闷热,不过这天从早上开始,窗外就飘起小雨,一直淅淅沥沥地下个不停,似乎是想给人们因天气而烦躁的心情带来一些慰藉。夜晚掌灯后,吕大器命人抬了两把椅子放在院内凉棚,父子二人看着棚外的雨水出神。

同是雨夜,他们上任途中行至富春江那日,也是一

[1] 吕祖谦(1137—1181),字伯恭,婺州(浙江金华)人。

样的萧萧秋雨。说是秋雨，可江岸风景还是青翠一片，映得江水也是绿水清波，可谓"碧水一千里，青山十二时。推篷皆是画，移棹总堪诗"。这景象落在第一次游历富春江的吕祖谦眼里，就变成了世外美景，是人间难有的佳境。

虽时过多日，但他依然对富春江之行念念不忘。他和父亲从渡口上船那刻起就进入了绵延千里的富春江，正如传说中那样，富春江具有两岸夹一江的独特地形。行进其间，左右两侧青山雄伟壮阔，脚下江水一泻千里，清澈见底。

拐过一道弯，就像进入了一个全新的世界。同样还是山水围绕，但此处的富春江变得更加开阔，像一个占地广大的湖泊，两岸高山变成了环抱之势，将这一段包围成圈。因为他们经过当日，正值落雨纷纷，吕祖谦和父亲只得进入船篷，敞开船帘向外看。只见那船夫身着蓑衣，头戴斗笠，动作谈笑都丝毫不受雨水影响。他说，若是晴天来此，水面看上去平静无波，就像一面明镜。

吕祖谦脑海中自动代入那景象，天朗气清，惠风和畅，富春江比现在更青翠盎然。明镜一般的水面上有几只飞鸟正在低翔，周围的群山林木都映在江中，如同一幅画技精巧的山水画。来客乘舟而过，会产生"人行明镜中，鸟度屏风里"的神奇之感。

哪怕心情再烦躁之人置身景中，也会被这美色吸引，从而"乐此浑忘倦，公焉遂及私"。

秋雨势头正足，看起来恐怕一时半会儿都不会停止。坐在凉棚里的吕祖谦想到这儿，不禁心有所感，对着父亲吟咏道："万顷烟波一叶舟，已将心事付溟鸥。"

对富春江的留恋，使他们父子二人对那段记忆始终深刻。除了山水之美，七八月份的富春江变成了名副其实的鱼米之乡。江中的水产开始变得丰富。附近的渔民们也都在此时开始了繁忙的捕捞工作。

江岸百姓因为常年从事这项活动，对当地鱼类的生活习性颇为了解，甚至还流传起不少有特色的渔谚。吕祖谦他们就听起船夫哼唱过"秋风起，螃蟹肥，西风响，蟹脚痒""虾黄昏，蟹五更""小雪前，闹腫腫，立了冬，影无踪"等小调。

每年从农历七月开始，富春江里的蟹就变得活跃起来，陆续向上游游动，到了八月才开始再返回下游，这是因为"鱼随潮，蟹随暴"，鱼类生性喜欢急湍的水流，而蟹却往往伴随着风暴逃窜。九月，这些蟹会奔向大海，完成旅程。当地渔民有"七上八下九归窝"的谚语，便是说的这一点。

渔民捕蟹的时间大多在后半夜。因为在此时，它们会成群结队游走，经验丰富的渔民就会用自制的捕蟹工具拦截它们的去路，进行捕捞。

吕祖谦想到这儿，下意识地咽了口唾沫。看见儿子这一动作的吕大器哈哈大笑。没想到，回忆富春江竟让自己的儿子馋到咽口水。但转念一想，吕大器也不免多了些心疼。从小生在世家大族里的吕祖谦，一直在众人的关爱下长大，偏是自己想要带他出来历练一下，便将他带在了身边。可此时临近中秋，怕是他也有些想家了。

但吕大器的这番感想并未在脸上露出分毫，面上依然是严父的神色。吕大器又在凉棚里坐了一会儿，便回房间了，留下对富春江念念不忘的吕祖谦一人，还在望着下个不停的秋雨出神。

这天,吕大器领着吕祖谦来到一家客店,等了片刻,店家端出一道肉白鲜嫩的鲥鱼。鲥鱼鱼背呈现黑绿色,因为鳞下多脂肪,所以肉嫩汤鲜。

富春江和福州都盛产鲥鱼,他们眼前这条虽是来自福州,但却是吕大器特意叫人准备的。他见儿子一直留恋富春江,本想叫人从富春江运来,但此时时节已过,加上运输也实在不便,就用了福州本地的鲥鱼。

富春江的鲥鱼产量不多,但胜在形美味绝。怀卵的鲥鱼在春夏相交之时就从钱塘江的入海口聚集,向上游游去,到富春江一段水流平缓的江域产卵。这里的江水水温适宜,水质清澈,又多滩多潭,极其适合鲥鱼繁殖。

因此,富春江的鲥鱼在当地是一道美食。相传,古

夜捕

人所说的"严州美鲥",便是指富春江鲥鱼。虽然吕祖谦父子二人没吃上富春江的鲥鱼,但福州体富皮肥的鲥鱼还是让他们满足了口腹之欲。

绍兴三十一年(1162),吕祖谦出任严州桐庐县尉。一直对富春江怀有眷恋的他,终于有机会可以重游故地,再次感受一下富春江的山水之美和沿岸的风土人情。

参考文献

〔北宋〕范仲淹:《范仲淹全集》,四川大学出版社,2002年。

傅璇琮等:《全宋诗》,北京大学出版社,1991年。

傅璇琮:《唐才子传校笺》,中华书局,2002年。

吕明涛等:《宋词三百首》,中华书局,2016年。

船行富春,渔家风景

山水如画,富春江名不虚传。乘舟江上,诗人可步步成诗。富春江的自然风光固然秀美,但两岸农家的闲适生活同样吸引着游人流连忘返。春夏耕种,秋冬垂钓,这里的农户自有一种逍遥态度。

其中的七里泷,集富春景色于一身,是风景最绮丽的热门地点。古往今来,无数诗人在这里留下足迹、怀古自叹,写下了许多名篇佳作。同时,这里临近桐庐,物产丰富,鲥鱼、画眉鸟、茶叶等皆产于此,慕名而来的人也不可计数。

一、桐庐山水有十绝

萧洒桐庐郡十绝
〔北宋〕范仲淹①

萧洒桐庐郡,乌龙山霭中。使君无一事,心共白云空。

萧洒桐庐郡,开轩即解颜。劳生一何幸,日日面青山。

萧洒桐庐郡,全家长道情。不闻歌舞事,绕舍石泉声。

---

① 范仲淹(989—1052),字希文。

弄潮诗韵绕钱塘

HANG ZHOU

　　萧洒桐庐郡，公余午睡浓。人生安乐处，谁复问千钟。

　　萧洒桐庐郡，家家竹隐泉。令人思杜牧，无处不潺湲。

　　萧洒桐庐郡，春山半是茶。新雷还好事，惊起雨前芽。

　　萧洒桐庐郡，千家起画楼。相呼采莲去，笑上木兰舟。

　　萧洒桐庐郡，清潭百丈余。钓翁应有道，所得是嘉鱼。

　　萧洒桐庐郡，身闲性亦灵。降真香一炷，欲老悟黄庭。

　　萧洒桐庐郡，严陵旧钓台。江山如不胜，光武肯教来？

第二编 富春江

雾锁桐君山

　　钱塘江流域广阔，沿途经过很多辖区。这些地方也因为秀美的山水而备受游人青睐，桐庐（今杭州桐庐县）便是其中之一。它地处钱塘江中游，是富春江流域的绝美地。因此，也有人说富春江是桐庐的母亲河。

　　关于桐庐的记载，最早可追溯到三国吴黄武四年（225），那时桐庐就已经是个山水兼得、人文荟萃的游览胜地了。后来严子陵隐居在此，更成就了一段佳话。诗人苏轼曾出游这里，对着桐庐美景发出了"三吴行尽千山水，犹道桐庐景情美"的赞叹之语。

　　同是北宋诗人的范仲淹更是在途经桐庐之后，给好友晏殊写了多封书信来表达自己的惊艳之情。

　　北宋景祐元年（1034）深秋，一天深夜，范仲淹随便披了件衣服，站在桌前奋笔疾书。此时，他在睦州（今杭州建德市）任职已有些日子，上任后便忙着处理当地政务，将要向好友晏殊报平安的事情忘了个干净。这晚是他在睡梦中突然想起此事，这才连忙起床，写诗向好友诉说自己的所见所闻。

他上任途中经过桐庐，将山水美景尽数观之。这一观，他便将那富春江的山清水秀牢牢刻在了自己的脑海中。如今，这幅富春山水图落在笔尖，化作行行诗句。

他记得那日阳光明媚，自己泛舟江上，因为被朝廷外放而心情稍显抑郁。这般低落的心情和周围生机勃发的景色对比鲜明，显得格格不入。脚下富春江水清澈碧绿，两岸排列着连绵不断的青翠群山，范仲淹置身其中，感受先人们在这山水之间的影迹行踪。

来到富春江，必然会想起那位高洁名士。范仲淹看着江岸出神，想必曾经的严子陵也是被这秀美山色俘获，最终才遁世于此。如果能够日日与奇山异水为伴，范仲淹何尝不想成为第二个严子陵。平时闲坐江岸，目睹山水的四季变化，或醉卧竹林，或垂钓江中，这般岁月静好，着实令人艳羡。

正值春夏之际，富春江被绿色包围，嫩绿新叶、碧绿江水、青翠群山，目之所及，处处生机。郁郁葱葱的山林中，百花也毫不逊色，在轻风的吹拂下摇摆着身姿，肆意绽放清香。附近的住户匆匆走过，手里拿着耕种的工具，准备开始一天的劳作。田间还有两三个孩子正在奔跑嬉闹，时不时发出一阵欢声笑语，响彻山间。

范仲淹想到了唐朝诗人杜牧也曾在此任职，还写有"有家皆掩映，无处不潺湲。好树鸣幽鸟，晴楼入野烟"

的诗句。如今一见,果然名不虚传。旁边就是安顶山,远远望过去,高耸入云。山顶处烟雾缭绕,倒真有几分仙人居住于此的感觉。山上雨量充沛,日夜温差较大,颇适合种植茶树。山中盛产的安顶云雾茶就颇得当地人的喜爱。这种茶叶叶片紧,细苗长,但阔厚坚实,颜色翠绿,并泛有白光。入口清香甘醇,沁人心脾。后来在明朝正德年间,还被朝廷列为贡茶。

听说富春江一带多产好茶,素爱斗茶的范仲淹来了精神,他大呼"萧洒桐庐郡,春山半是茶"。斗茶是一种双方较量点茶技艺的茶艺比试,也是一项当时文人的热门游戏。这一活动始于晚唐,兴在两宋,不仅对参与者的茶叶品味有着较高要求,还对其点茶技艺和所用工具有规定。所以这是一个在"材、具、饮"上都要较量的比试。

斗茶分为炙茶、碾茶、罗茶、烘盏、点茶、品评六个步骤。虽然每个步骤都很重要,但点茶实为重中之重。比试时,主要看两点:第一要看茶汤,汤花越白越醇则越好,表面色泽和茶汤的均匀程度也是衡量标准。第二要看汤花与茶盏内壁接触时出现水痕的快慢,水痕越慢出现越好。第二条比第一条要求更高,更能看出一个人点茶技艺的高低,对于操作者来说也最重要。

宋人还创造出一系列斗茶术语,比如将汤花紧贴盏壁不离开叫作"咬盏",汤花留下的水痕叫作"云脚散"。"咬盏"时间越长,则越有获胜的可能。为了延长"咬盏"时间,茶人必须精进自己的点茶技巧,才能使茶与水相互交融而不散。这样的斗茶多是三局两胜。当时,斗茶之风盛行,上至皇帝,下至百姓,都纷纷参与其中。

范仲淹想起曾经和章岷斗茶的经历,那时还写有"新雷昨夜发何处，家家嬉笑穿云去"。如今新雷依旧，又是斗茶的好时节，不免感慨"新雷还好事，惊起雨前芽"。

阳光射进窗子，在墙上形成一个光圈。范仲淹这才发现他的思绪跑远了，手中笔墨已将信纸浸染。他重新展纸，凭着刚才的回忆，把来桐庐后发生的事都尽数告知好友，还赠诗多首，其中就含有寄托他对桐庐的深情的《萧洒桐庐郡十绝》。

晏殊收到信后，在回信里除了称赞范仲淹的赠诗，亦表达出自己对富春山水的向往之情。后来，范仲淹又辗转去了苏州任职，依然多次重游富春江，感受来自大自然的慷慨馈赠。

二、重山如画曲如屏

行香子·过七里滩
〔北宋〕苏轼①

一叶舟轻，双桨鸿惊。水天清、影湛波平。鱼翻藻鉴，鹭点烟汀。过沙溪急，霜溪冷，月溪明。　重重似画，曲曲如屏。算当年、虚老严陵。君臣一梦，今古空名。但远山长，云山乱，晓山青。

江山如画，就连岁月匆匆也不改富春山水的美。

苏轼到了杭州，可是他满心是王安石那激进的变法。他承认王安石有些才华，但是变法不是写首诗、画幅画，需要循序渐进。而如今，变法大张旗鼓地进行，苏轼也在杭州做通判两年了。

北宋熙宁六年（1073）的春风吹向了西湖，钱塘江

---

① 苏轼（1037—1101），字子瞻、和仲，号铁冠道人、东坡居士，世称苏东坡、苏仙。

边的垂柳发出嫩芽。虽然二月二已过,但杭州百姓依旧喜欢挑些时令新菜,办一桌筵席,猜谜又尝鲜儿①。此时疏通六井的工程正好暂停,苏轼忙里偷闲。不负春光的他,带着几分雅趣,打算去钱塘江上游踏青。

一路上,两岸青山向后而去,苏轼坐在船头,吹着春风,一脸惬意。来到杭州这两年,他为当地百姓疏浚西湖、畅通六井。一是因为他是个好官,无论在什么位置都要为民做实事;二是因为他真的很喜欢杭州。他有时都在想,或许自己曾经是个杭州人,才会如此迷恋这里。

想起去年和道潜和尚一起拜访禅寺,苏轼竟然知道忏堂前有九十二级台阶,他说自己前世可能是这里的僧人。他不由感叹在杭州的日子过得很快,转眼之间就是两年。在苏轼追忆往昔之时,轻舟已经来到富春江上。

苏轼被惊起的一只大雁打断了回忆。

他的目光追随大雁,心想:"天气已经暖和起来了,雁群都已北飞,怎么你却落单了。"被惊起的大雁渐渐飞远,在青山绿水之间,倒像是一片春雪,在半山腰绕了一圈,又落回沙汀之上。苏轼会心一笑:"难道你也被杭州美景迷住了不想走吗?"

富春江的风景真的就像是画中的美景,时光荏苒,唯独这一江春水不变。山间的时光像是凝固了,仲春时节,富春江上天空碧蓝,江水更是清澈。春风一过,水面波澜四起,待风平浪静之后,两山风光全都映入水中。一时间波平如镜,山色天光尽入江水。

在这富春江中能看见水中游鱼。当年张志和一句"桃花流水鳜鱼肥"将苕溪的闲适之美写得淋漓尽致,"斜

---

①宋人周密在《武林旧事》中记述:南宋时,二月初二这一天,官中有"挑菜"的御宴活动。宴会上,在一些小斛(口小底大的量器)中种植新鲜菜蔬,把它们的名称写在丝帛上,压放在斛下,让大家猜。根据猜的结果,有赏有罚。这一活动即是"尝鲜儿"。

弄潮诗韵绕钱塘 HANG ZHOU

［清］王翚《富春大岭图》

风细雨不须归"的清俊洒脱成为多少隐士的渴望。而这富春江,早在千年前就有一位身披羊裘的渔翁隐居其间,绝不入仕。严光的高洁,恐怕只有富春江的风光才能比得上,而咏叹严光的诗文中,也只有"云山苍苍,江水泱泱。先生之风,山高水长"最好。

苏轼看着富春江的美景,想到了范仲淹。当年范仲淹去国离乡,说出"先天下之忧而忧"的话,如今自己不过是贬官杭州,有什么可抱怨的呢?

苏轼看富春山水的眼光不一样了。

两岸的青山连绵不绝,一直延伸到水天一线的地方。再向两边看,则重重叠叠,一山挨着一山,一峰连着一峰。快到七里濑水域,山峰更加奇绝,江水也更加湍急,即使在春天,也给人一份凄清之感。

可是苏轼却静静地看着群山,他不觉得凄清,只觉得这样的风景只有在画中才能看到。横着看,曲曲折折好像屏风。苏轼的乐观让他暂时忘记了仕途的失意。说是暂时忘记,不如说是刻意遮掩。

三十六岁的苏轼还做不到"何妨吟啸且徐行"的洒脱。看见清冽的富春江水的那一刻,他心里想到的就是严光。世人说严光高风亮节,不入仕途,只是在江边垂钓。可是他孤独终老的资本却是皇帝赏识,所以他敢于消磨时光。

自己却没有得到皇帝的赏识,还受到大臣们的排挤。如果在山水之间虚度终老,真成了浪费光阴了。苏轼沉浸在悲伤的情绪中,越陷越深。小船在江上漫无目的地漂着,原本是踏青出游,如今突然没了方向。

人在胡思乱想的时候，时光总是过得飞快。少顷，月出东山，水边的沙洲上掩映着月光。白天的江水，清澈见底，现在的月下江水更是一片清新之境，没有一点杂质。

江上的月光吸引了苏轼的注意。他转念一想，富春江山水如画，曾经以为它能留住匆匆岁月，在它身上没有韶华易逝。可是这日夜交替之间，山水风光就和以往大不相同了。不知道住在这里的严光有没有悟出这样的道理。

流传了千古的佳话，不过也如梦一般消失，只留下空名而已。如今再看这江景，也只有远山连绵，重峦叠嶂，山间白云，缭绕变幻，晓山晨曦，青翠欲滴。于是他提笔写下："重重似画，曲曲如屏。"

一年之后，苏轼疏通好杭州西湖，从容上任徐州。而富春江的景色依旧在时光的流逝中，如画如屏。

三、桐君山上多绮丽

桐　君

〔明〕徐舫[①]

古昔有仙君，结庐憩桐木。问姓即指桐，采药秘仙箓。黄唐盛礼乐，曷去遁空谷。接迹许由俦，旷志狎麋鹿。槲叶为制衣，松苓聊自服。山中谅不死，时有飞来鹄。余欲访仙晴，云深不可躅。

富春江水澄清而平静，凭借其独特的风光吸引了众多诗人来此一游。倘若行舟其上，犹如置身明镜之中，水底游鱼清晰可见。除此之外，它那两岸连绵不断的座座青山也颇受人赞誉。

---

① 徐舫，字方舟，桐庐人。

富春江两岸植被长势优越。一眼望过去，整个山林满眼郁葱。桐君山就坐落在这崇山峻岭之中，它与桐庐县城相对而立，仅相隔一水之远。桐庐山水美不胜收，正如清代诗人刘嗣绾所言："无声诗与有声画，须在桐庐江上寻。"

桐君山立于富春江边，是分水江与桐江的交汇之地。山高六十米，群峰陡峭，也被称为"小金山"或"浮玉山"。山脚就是富春江的平潭碧波，葱郁茂林，周围绿竹环绕，寂静悠扬。

桐君山也被称为"药祖圣地"。传说在黄帝时期，有一白发老者在此地结庐炼丹。他平日悬壶济世，救济百姓，并不收分文。当地人感激非常，问其姓名，老人便指桐为名。于是老人有了"桐君"的名号。后人将其尊为"中药鼻祖"，并把他居住的山命名为"桐君山"。

桐君山上遍布石刻，有记录出游情景的隋唐石刻，还有宋朝时的摩崖石刻。宋代，桐君山上还多了些人们修建的祠和塔，其中以北宋诗人范仲淹修缮的严子陵祠堂最为著名。到了元代，桐君山的发展更上一层楼，开始出现人造石阶。元至元年间（1335—1340），桐庐典史张可久将自己的俸禄捐献出来，用于桐君山的重修事宜。除此之外，他还在桐君山开山修路，修建了可攀登至顶的石阶，大大方便了游人。

到了明代，当地官员也一直致力于修缮山上祠堂，保证其祭祀永续不断。如明万历五年（1577），桐庐县令李绍贤就捐钱重建了桐君祠。

桐君山上不仅有留下历朝历代痕迹的名胜，它的自然山水也颇为世人称道。山脚是一片蔽日修竹，往山里深处走，便看见了绵延的山脉蜿蜒盘踞，还有起起伏伏的山中深谷。自小就生活在这里的诗人徐舫对此早已习以为常。

此时正值元末明初，天下尚不安稳。一心追求侠义仁爱精神的徐舫干脆隐居在此。按照好友刘基的评价，他希冀过一种"采山林以食力，钓清泠以自适；日高而起，日入而卧；目不接市肆之尘，耳不受长官之骂；俯石泉以莹心，搴芳兰以为藉"的生活，而他也确实做到了如此。

徐舫平日里喜爱登高俯瞰，在桐君山上看着前面的无垠原野，感受着脚底那滔滔大江的陪伴。每当此时，他都更坚定自己隐世的选择，有种"荣与辱其两忘，世与身而相谢"的强烈感受。

一天，徐舫游山踏水，在富春江上乘舟赏景。看着

桐君山上的摩崖石刻

远处的桐君山,他感慨万千,想到来此山的种种前尘往事,兴之所起,吟唱出一首《桐君山》:

仙驭乘鸾去不停,青山依旧抱荒城。
风香药草春云暖,露冷桐花夜月明。
县近故庐堪认姓,鹤归华表自呼名。
千年往事俱尘土,时听樵林吹笛声。

但这似乎并没有诉尽衷肠,他想到曾来过这里的天下豪士,又脱口而出一首《桐君》。"山中谅不死,时有飞来鹄",桐君山风景秀美绮丽,许多诗人来此,留下许多诗作名篇,成立了"睦州诗派"。

睦州诗从盛唐开始流行,作者多为当地诗人或隐居此地的名士。由这些诗人成立的睦州诗派历史悠久,涵盖历朝历代,包含唐代的方干、徐凝、李频、施肩吾,以及宋代的高师鲁、滕元秀等人。生于元末明初的徐舫也是睦州诗派的一员。

富春江凭借清丽灵秀的自然风光和闲适淳朴的风土人情,为这些文人提供了丰富的创作条件。"暑天移榻就深竹,入夜乘舟归浅山",在睦州诗派的诗里,多的是这般无拘无束、恬淡悠然。

忽然,天空飘起细雨。一片朦胧迷雾之间,富春江也添了些烟雨意境。此时,桐君山的山顶已看不明晰,笼罩在层层雨雾之中,犹如一座有仙人居住的灵山。徐舫依然站立舟头,丝毫没有被飘雨影响心情,心中反而又生起几分对眼前山水的喜爱。

桐君山物产丰富,所产茶叶声名远播。唐代著名茶学家陆羽在《茶经》中有言"西扬、武昌、庐江、晋陵好茗而不及桐庐",可见其品质优良。其中的天尊贡芽在南宋时就成为朝廷贡品。

富春江在微风斜雨中继续展示着自己的山水绝色,置身其中的徐舫还在贪恋着其间景色,不肯早早离去。雨停了,风静了,旁边的桐君山在风雨的洗涤下似乎更显青翠,上面的山峰高耸陡峭,直冲云霄。

后来,对于桐君山,清末时的思想家梁启超就形容其为"峨眉一角",康有为则干脆称赞"峨眉诸峰皆不及此奇"。

四、晴空一望入画图

自钱塘至桐庐舟中杂诗
〔清〕刘嗣绾①
一折青山一扇屏,一湾碧水一条琴。
无声诗与有声画,须在桐庐江上寻。

清嘉庆十三年(1808),久试不第的清代文学家刘嗣绾拖着疲惫的身躯,从北京去往江南。他出身于常州府(今江苏常州)的书香门第,家族出过"四世翰林""五世进士",可以说是真正的名门望族之后。可他在前几年中了顺天乡试后,便一直受挫。

家中长辈以读书人为主,所以家训都是"以读书为本业,为世代书香之家"。而出生在这样家庭的刘嗣绾却六考秋试,只中一举,四次春闱,皆无所获。

在路途之上,他思绪纷飞。他在京城文人圈子里小有名气,但却屡试不第。原本朝廷有专门为他这种举人准备的官职。具体来说,从乾隆年间开始,朝廷会每六

---

①刘嗣绾(1762—1821),字简之,又字芙初,号醇甫,江苏省常州府阳湖县(今江苏常州)人。

年举行一次类似的活动,由吏部从三考不中的举人中挑选分类,排在一等的人任职知县,二等就担任教职。这使当时举人出身却无法再进一步的士人有了出路。

在这一路上,刘嗣绾心想,自己还不至于沦落到这种地步。

常州府离钱塘(今浙江杭州)尚有距离,但饱读诗书的刘嗣绾早就在历朝历代的诗人笔下见识过了富春江的绝色。虽然有所准备,但如今亲历其间,还是被这秀美山水所震惊。在他看来,富春江的两岸风光简直就是一幅巨大的名家山水画。

正如诗人王金吉在《君山晴望》中所写,"隔江山色郁嵯峨,锦石澄潭入画图"。刘嗣绾也觉得眼前这景色,美得有些不真实,若是可以装裱,这即是一幅现成的千古名卷。

感觉仕途无望而满怀惆怅的刘嗣绾,此刻正立于船头,目视前方,眼神痴迷。只见脚下的泱泱江水,此刻宛如明镜,在太阳的照耀下,闪烁着微光。整个江面波光粼粼,漂亮极了。再看两岸青山,一叠叠的模样好似层层屏障,将这秀美柔江保护起来。

如此美景,使他生起效仿古人之心,顿时也想吟诗一首。思索片刻,一首《自钱塘至桐庐舟中杂诗》脱口而出:"无声诗与有声画,须在桐庐江上寻。"

船行依旧,却越走越深。江岸两侧出现了村庄,却被高大树木掩映得看不分明,只能隐约看见村庄的大致轮廓。此时心情已明显转好的刘嗣绾还在贪恋地看着两岸风光,他愈发觉得眼前这景很是熟悉,想来想去才发觉是和家里的画屏相似。

屏风本是用来阻挡他人窥探的视线的，后来多起到分割室内空间的作用。因为成品耗时久，还需要很多技艺精湛的画师、巧匠通力制作，所以屏风往往价值不菲，只有富贵人家才用得起。当时的屏风多侧重艺术价值而轻实用，上面的图案多是江南的奇山异水。富春江作为"天下独绝"之景，赫然在列也不足为奇。

想到这儿，刘嗣绾的心情又多了几分愉悦。他来浙江任知县，虽然离建功立业的抱负相差甚远，但好在离家很近，日后回家探亲的机会肯定不会少，这么一想，虽然他多次科举未中，但也释怀了许多。

此时，日头已过，富春江在两岸群山高树之间，更显闲适清凉。江流旁边还错乱盘踞着一湾湾碧水，清澈得正如吴均所言，"游鱼细石，直视无碍"。江水碰击石头，发出叮咚叮咚的声音，其音清脆悠扬，就像是琴筝发出的奏鸣。

因为富春江的自然环境优越，这里还休憩着很多画眉鸟。画眉鸟叫声婉转，和江水的叮咚声缠绕作响，共同谱成一曲和谐的音乐。富春江的山水，令人赏心悦目，实在是难得的人间美景。

刘嗣绾近日一直在赶路，着实有些疲惫。但又不舍这锦绣河山，不想回船篷休息，索性坐在船头，接着观赏美景。忽然，他右手边的江水有水花溅出，仔细看了一会，原来是当地颇具美名的鲥鱼。只是这鱼和其他地方所产的有些不同，它们的唇部多了一些红点，像是起了红斑。鲥鱼本来鳞白如银，通体一色，如今多了点点红色，倒多了些不一样的美感，惹得刘嗣绾多看了好一会。

船拐过一道弯,接着顺流而下,像是进入一处山崖。刘嗣绾的视野被迫压缩了不少,由开阔的江面变成了狭窄处湍急的水流。这水从旁边的山上飞涌而下,落在低处,激荡出片片水花,看上去仿佛水流量不足的小瀑布。

刘嗣绾自小便受家族影响,极其熟悉诗歌的韵律,此时,他竟发现他在富春江山水间看见了这种韵律的痕迹。山水可静可动,皆能自成一景,但正是两者合而为一,才动静结合,构成富春江特有的风光,成就此地特色。

从钱塘至桐庐这段路,刘嗣绾一走再走。这条路对他来说,不光是以幽雅著称的两岸风光实在诱人,更是纾解他内心愁苦的风水宝地。

虽然他如今已有知县之职,但家族的荣耀驱使他依然参加了同年的科举考试。皇天不负有心人,在那一年的会试中,刘嗣绾以第一名的成绩夺得榜首。

五、七里美景泷里佳

雨中过七里泷

〔清〕吴锡麒①

苍苍茫茫江一面,雨入江光吹不见,前滩后滩白如练。有风顷刻七里过,无风奈此七里何!忽然雨势挟风至,但听来船争唱顺风歌。我船甘让来船走,画本留看黄子久。望穷寒水竹回环,洗出青山橹前后。牧童自驱黄犊回,渔郎正放鸬鹚来。笠檐蓑袂尽邻舍,对江几扇柴门开。丹青未见今见此,水外是山山外水。客到先愁无路通,何况迷离烟雨里。山头雨作山中泉,蜿蜒都在树杪悬。东峰一泻落千丈,雷霆乃毁西山颠。此时忆杀严先生,羊裘孤拥寒不轻。我欲松门一杯酹,苔荒路滑无人行。传闻名利人,不泊钓台下。扁舟独

---

① 吴锡麒(1746—1818),字圣征,号榖人,钱塘(今浙江杭州)人。

纵横,问我何为者?玉壶买春雨堪赏,尺半白鱼新出网。饮酣抱瓮卧船头,听得舟人齐拍掌。数枝柔橹划玻璃,百幅蒲帆眼底齐。夕阳乍明风亦转,行行一路画眉啼。

东汉隐士严子陵凭借不慕权势的高风亮节,赢得"先生之风,山高水长"的美名。而他隐世垂钓的地方正是山清水美的富春江。

正因如此,富春江吸引着众多文人墨客来此缅怀古人,自叹命运。经历过生活锤打的失意人,面对如此美景,通常都会满腔激情,想要长居江岸,日日与这山水为伴。

富春江全长一百一十千米,其间蕴含多处美景,湖泊岛屿纵横,古迹名胜林立,可谓处处有美景,步步不虚行。其中由乌石关、龙门峡、子陵峡和子胥峡构成"一关三峡"的七里泷更是天下奇绝。

七里泷也是整条江风光最秀美的部分,总长达二十三千米,处于钱塘江上游一段,在严子陵钓台以西七里左右。七里泷上游是一条由北岸汇入的溪流,相传春秋名士伍子胥避难时从此经过,故名"胥溪"。胥溪一段江面开阔,沿岸郁葱。江岸还有一处渡口,旁边有不少萦回古道,看上去寂寂悄悄,这就是著名的"胥江野渡"。

七里泷一段除了这些古迹,江中风景也美不胜收,可谓是"两岸画山相对出,一脉秀水迤逦来"。它凭借"山青、水静、史久、境幽"的特点,吸引了无数南北游人来此观赏,杭州人吴锡麒也是其中之一。

清乾隆四十五年(1780),吴锡麒与友人出京同游,并在这一年经富春江回到杭州。他虽生在钱塘（今浙江杭州），但幼年起便跟随父亲在外游历，直到年纪适龄，即乾隆三十九年（1774）才回杭参加乡试。杭州美景遍地，吴锡麒对家乡始终记忆深刻。

三十五岁的吴锡麒刚刚结束《四库全书》的编修，终于得空可以返家探亲。此时正值春季，杭州城里新花遍地，绿意盎然，一派生机。一日，伴着微风细雨，吴锡麒独乘一叶扁舟前往七里泷。

江岸景色一如记忆中那般秀丽。但春雨之下的富春江多了些烟雾萦绕，远望江面，苍茫一片，连旁边的山峰都看不明晰。细细密密的小雨落在江面，声音清脆密集，仿佛一曲多人演奏的清新乐章。在清风的吹拂下，小舟顺水而下，无须外力辅助。

但是顷刻间，雨势变大，江滩的流水如白练一般。连那刚才还助舟前行的和煦清风也凶猛起来，裹挟着暴雨席卷而来。吴锡麒依然头戴斗笠站在舟中，控制着自己的身体重心，好使自己不落入水中。重新站定之后，他发现江面已被风浪搅得波涛翻滚，不复往日的清澈平静。

后面的船正以极快的速度驶来，它们顺风而下，你追我赶，好似一场竞渡比赛。但吴锡麒显然不想加入其中，他心甘情愿地让这些船只超越自己，独自留在船后接着看这幅百舸争流的壮丽场面。

等雨势稍小一些，吴锡麒环顾周围，发现这景色颇有元代画家黄子久的山水画《富春山居图》的意境。他不由得又多看了一会，感叹这幅动态的山水画本也毫不逊色。

雨还在下个不停，但前方的迷雾已经消散不少，眼前所见也清晰多了。两岸青山被雨水洗涤得翠绿崭新，山间树林也青翠洁净。顺着水路看过去，有一个竹木环绕的小村庄。看看四周，吴锡麒不禁怀疑自己是否误入了世外仙境。

江南地区的春天，是一年当中最为繁忙的季节，"乡村四月闲人少，才了蚕桑又插田"。青山脚下，两三个牧童正各自驱赶着黄犊往村里走，他们距离不远不近，正好把黄犊围在中间；江边的渡口处，结束打鱼的小伙子正把自己养的鸬鹚放到水里找食，身上还背着捕鱼用的背篓和工具；远处的水田里，农夫们身穿蓑衣，头顶斗笠，正在冒雨栽插秧苗；再看富春江的对岸，许是家中主人都去田里劳作了，只留下几扇敞开的柴门在风雨中摇摆……

置身其中的吴锡麒早已没了继续行舟远游的心思，他现在就想去村中做客，深入体会一下生活在此的感受。他想要弃舟而去，找了又找，却探寻不到进入村庄的路口，不禁怅然若失。

突然响起的泉水叮咚声将吴锡麒的视线从村庄转到了左侧青山。雨仍在不停地下，此时直接汇成了水流，在山中的千沟万壑汇集，蜿蜒向下流入富春江。远远看去，就像诗人王维笔下的"山中一夜雨，树杪百重泉"。其中，最惹吴锡麒注意的泉流莫过于东山上的一处，只见它自山间倾泻而下，声势浩大，声若雷霆。

途经严子陵钓台，吴锡麒感慨连连，效仿严公之心不禁涌上心头，大呼"羊裘孤拥寒不轻"。但世间众人，能做到如此气节者有几人？在富春江垂钓终究是名利之中"无人行"。

思及此，他心中烦闷，索性停舟钓台，从附近农家买来新酿佳饮，手提渔人给的新鲜白鱼，食饮而尽，酒足饭饱。看着周围环境清幽，吴锡麒竟怀抱酒瓮醉眠于舟中，睡意蒙眬之中，好似听到有他人哄笑之声，但他不愿起身察看。

酒醒之后，他继续乘舟前行。这时，风雨皆停，富春江又现清澈平静之态，视线所及之处，江面犹如一面洁净的玻璃，将两岸景物都映照其上。那些先前躲进山崖隐蔽处避雨的船帆，又都陆续回到江面，继续它们的航程。

富春江的一天临近结束，夕阳西下，只余下落日余晖在山间斜射出来，映红了江面。雨后飞来许多画眉鸟，落在岸边叫个不停。伴着声声鸣啭，吴锡麒继续返程。

经此一天，富春江给吴锡麒留下了深刻的印象，回京之后依然时时想起。乾隆四十六年（1781），他以归祖居短住为名再次出游富春江。

参考文献

〔明〕宋濂：《宋濂全集》，浙江古籍出版社，1999年。

严迪昌：《清词史》，江苏古籍出版社，1990年。

何宗美：《明末清初文人结社研究》，南开大学出版社，2003年。

桐庐县志编纂委员会：《桐庐县志》，浙江人民出版社，1991年。

中共桐庐县委办公室：《桐君·桐君山》，中共桐庐县委办公室，1989年。

申屠丹荣，申屠时荣：《富春江文集》，浙江人民出版社，1992年。

〔唐〕陆羽等：《茶典》，鲍思陶纂注，山东画报出版社，2004年。

沈冬梅：《宋代茶文化》，学海出版社，2000年。

七里浅滩，水路难行

最美的风景往往藏在最险峻的地方。七里泷是富春江最险的一段，怪石嶙峋，滩险浪急。如果渡过这段险滩，就将进入最美丽的世界，见到高山茂林，听到鸟鸣猿啼，见识到何谓"两岸画山相对出，一脉秀水迤逦来"。富春江最美的一段在七里泷，"奇山秀水，天下独绝"，指的就是这里。

一、怪石嶙峋心胆寒

上严州乌石滩
〔南宋〕杨万里①

人语相闻数尺间，其如滩恶费人牵。
已从滩下过滩上，却立前船待后船。

七里泷处乌石山，乌石山下乌石滩。滩险浪急落船帆，过滩才见画山来。

南宋诗人杨万里遭遇政治磨难，被贬筠州（今江西高安）。左迁途中，路过富春江，见识到了富春江上乌石滩的滩险浪急。

① 杨万里（1127—1206），吉州吉水（今江西吉安）人。

七里泷是富春江上风光最美的一段，被称为"两岸画山相对出，一脉秀水迤逦来"。而这样的美丽却有着另外一面。在新安江水力发电站和富春江水力发电站等一系列水利工程建造以前，七里泷为峡谷地段，两岸高山怪石，水流湍急，滩险难行，可谓"天开一线，形若一门"。

南宋淳熙十五年（1188）三月，孝宗采纳翰林学士洪迈之议，以吕颐浩等人配飨高宗庙祀。杨万里力争主战名相张浚当配飨，指斥洪迈为人不公、专辄独断，这一提议无异于"指鹿为马"，因此惹恼孝宗。孝宗说："万里以朕为何如主？"杨万里因而被贬官，出知筠州。

同年四月，杨万里从临安（今浙江杭州）出发，一路顺着钱塘江溯源而上，过钓台，上乌石滩，经严州前往筠州。

到达桐庐的严子陵钓台时，陆游带着酒在这里宴请杨万里，为他送别。

这一日，正是雨后新晴，野花飘香。连绵青山，山腰间缭绕着湿润的雾气，将翠色渲染得更浓。清澈的江水顺山势流向远方，远处点点白帆驶来。江水汩汩，鸟鸣啾唧，山林间的风吹过树梢，带出一阵阵哗啦啦的响声，衬得山水之间更加幽静。

在这山水之间，在严子陵曾隐居钓鱼的地方，陆游、杨万里二人舞剑助兴、饮酒赋诗。短暂的相逢后，杨万里顺着富春江继续前行。这一别，也不知何时才能重逢。陆游送了杨万里一程又一程，还叮嘱杨万里过乌石滩的时候千万小心。

杨万里劝他:"我这一生作客他乡,老了叶落归乡,你有什么好担心的?送了这一程,就别再送了。"杨万里的家乡在吉州吉水(今江西吉安),这一次被贬筠州,倒也算是归乡了。

告别陆游,杨万里继续向着严州方向前行,不知不觉就行船至乌石山下。

乌石山又名乌龙山,是严州的象征,位于浙江省建德市东部,古严州梅城镇北门外。新安江、富春江、兰江三江在这里交汇。北岸一座连绵的山脉拔地而起,高八百米以上。山体巍峨,蜿蜒如龙,东西绵亘五六十里,气势雄伟。南岸是大片草地及滩面。其上散落着巨石块,有的独立成丘,有的三五成群,还有的连成一线。最奇特的是两块生得浑圆的巨石,好似两个蒙古包。江中有众多石块堆积,看得人胆战心惊,生怕一不小心,船就碰到哪块石头上。

天色还早,江上水雾重重,让人疑惑是不是下雨了。一抹阳光穿过水雾照在江上,提示人们天亮了,该出发了。水雾渐渐散去,一重又一重的山脉画卷似地在江水两岸铺排开,又好似游龙盘旋。这些山脉极高极瘦削,似是以枯笔画成,黑皴皴的,给人极大的压力。它们铺天盖地而来,将富春江越夹越紧,只留下窄窄一条道让江水流淌。层峰叠嶂,其上奇树悬生,藤蔓从山壁间垂落到江中。山林间远远传来鸟鸣和猿啼,让人不自觉揣度这山林有多茂密。

看到乌石山,船夫就对杨万里说:"前头就是乌石山,看到乌石山,严州府就快到了。乌石山下乌石滩,滩险浪急落船帆。颠簸得很,先生可得站稳咯!"

船夫提醒得及时，杨万里刚站稳扶好，一个浪头就打在船身上。船只随着江水起起伏伏，让人担心会不会一个站不稳就被抛出去。杨万里隐隐约约能听到前方航船的对话，好似两船只隔了数尺的距离。

江滩极险，一个江滩跟另一个江滩之间离得很近。上有高山，下有深谷。仰天望不见天光，江中滩浪如雾扑面而来。船底有时会传来滚石声，听得人汗毛竖起。船身绑了许多绳索，纤夫喊着号子拉船过滩。船有时作势腾空欲飞，又似走兽受惊狂奔。船夫摇橹越发频繁，桨声阵阵。

船身摇摇晃晃，船上乘客被这江上的颠簸吓得有些心慌。有人失声尖叫，有人大喊着问船夫："现在到哪儿了？还有多久才能过了这段路？"

"已经过了滩下了，现在在滩上！"

"且等着！前头后边都是船，都等着过滩呢！"

江中每隔一段距离就有一艘往严州方向的船只在等着过滩。往严州方向的逆风逆水，航行的船只如杨万里这艘，慢吞吞的，走得极艰难；往杭州方向的顺风顺水，航行的船只急驶如箭，不一会儿就远去了，并不会在滩上停留。这正应了那句谚语："有风七里，无风七十里。"

好不容易过了乌石滩，船重新平稳下来。杨万里站在船尾，回望来时的路，只见滩险依旧，后来的船只还在与风浪搏斗。这一趟路程竟如同陷入噩梦一般，如今才得以醒来。再往前看，富春江上群峰青碧，江水澄澈，"两岸画山相对出，一脉秀水迤逦来"。他心生感慨，口中吟道："人语相闻数尺间，其如滩恶费人牵。"

第二编 富春江

〔明〕王鉴《富春山居图》

他想，乌石滩如此险恶，船夫和纤夫尚且要与之搏斗，我又何必因朝中多小人而生隐世之心？

富春江的风浪再大，乌石滩再险恶，船只也要劈波斩浪，向着目的地前行。江水的波涛就像是朝中小人，阻拦人前行。杨万里愿做逆流而上的船只，奋勇拼搏，只为达到心中的目标。

二、山高猿鸣客舟过

七里滩夜泛

〔明〕徐𤊹①

严滩行未尽，雨气逼黄昏。
峡束天疑小，溪深水不浑。
榜歌何处客，灯影几家村。
最是堪愁绝，三声半夜猿。

明代是一个盛产旅行家的时代。这个朝代有太多如徐霞客一般热爱山水，"达人所之未达，探人所之未知"，寻幽探奇，用脚步丈量世界的人。闽县（今福建福州）人徐𤊹就是其中一员。徐𤊹的脚步遍及大江南北，却在夜泛七里滩时说"峡束天疑小，溪深水不浑"。世界上有很多江河，也有很多峡谷，但将江水与峡谷结合得如此完美的，却只有七里滩。

七里滩两岸山体以富春江为界，分属昱岭山脉和龙门山脉。这里群山耸峙，山势陡峻，河谷纵横。富春江就如同一条绿色的绸缎，从群山之中飘荡而出。若泛舟中流，则风帆疾驰若飞。

明万历二十二年（1594）七月，傍晚。

① 徐𤊹（1561—1599），字惟和，别字调侯，闽县（今福建福州）人。

天色已晚，周围并无旅馆驿站，徐熥只好宿在船上。幸好此时已是盛夏，倒也并不觉得冷。他正要进京去应礼部试。虽然失败了两次，好在他今年才二十四岁，还年轻，可以再奋斗几年。他沿闽江溯流而上，泊黯淡滩，经建瓯、浦城渔梁驿，过梅城镇，夜泛七里滩。

富春江上隐隐传来渔夫的歌声，歌声中带着欢喜，似是已经收网，满载而归。村人似都已入梦，只有几户人家还亮着灯火，星星点点散落在山林间，反而衬得这黑夜更寂寥。林影憧憧，白日里的绿水青山都失了色彩，剩下泼墨似的轮廓。不知为何被惊醒的猿猴凄厉地叫了一声又一声，让人不自觉想起"巴东三峡巫峡长，猿鸣三声泪沾裳"。

两排青山高耸，连绵不绝。峡谷中一脉江水从中迤逦而出。这便是富春江七里滩了。江边柳树旁系着一艘客船，船中一间舱房里亮着灯光。

就着灯光，徐熥正在给家人写信，分享自己近来的生活情形。

想到今晚夜泛七里滩所见的风光，他提笔写下："峡束天疑小，溪深水不浑。"

七里滩两岸山峰不断，山重石塞，让人怀疑前方是否还能前行，忽地一转，又是一线天开。峡长谷深，群峰拔地而起，如剑向天刺去。奇峰突兀，怪石林立，似刀削，若斧劈，全是岁月与流水造就的奇迹。山林茂密，时不时传出不知名的禽鸣声。

江水在这里像是在草原上狂奔的野马群一般，肆意狂放地冲刷着两岸，怒吼着前进。一艘客船风帆鼓鼓，箭一般向着杭州方向飞去。

船行至七里滩时，已是黄昏时分，天空阴沉沉的，云也显得有些灰扑扑的。可能要下雨了。一群飞鸟划过，扑棱着翅膀落在崖边大树上，叽叽喳喳地说着一日的收获。偶尔飞过的大雁在澄澈的江面上留下它的倒影。

两岸险峰夹逼之下，江上更显黯淡，只有一线天光漏出。

徐熥仰头望去，只觉得眼前都是山，天空只有山隙间漏出的那一块大小。他想，自己竟成了井底之蛙，坐井观天而觉天小。唐代韩愈《原道》说："坐井而观天，曰天小者，非天小也。"高山遮住了人的视线，反而让人觉得天小了。

江面泛起薄纱似的水雾，草木山石都微微有些模糊了。江水虽深却清，非但不像黄河那样夹杂着沙土，反而能看到其中的游鱼细石，藻荇纵横。望着这样清凌凌的江水，哪怕是七月的天气，徐熥也觉得一股寒气生出，身上有些发凉。

太阳彻底落下，群山都化作黑影，山林中传来凄厉的猿啼声。山上古寺若隐若现，两岸灯火点起，远远传来阵阵捣衣声。江上渔灯一盏盏亮起，渔夫也归家休憩，与家人团聚。船夫把船系在江边，任由它在江上漂着，船上也点燃了灯笼火把。

船舱中，徐熥点燃一盏灯，在桌上铺开纸笔。山中猿啼、江上渔火触动愁肠，勾起了他对家乡的思念。那一盏盏灯火之下是一家家的团圆，他自己却为了考取功名，一路奔波，在这远离家乡的地方独为异客。

于是，他提笔给好友陈仲溱写了一封信。在信中，他告诉好友七里滩两岸群山是如何的高大险峻，赞美富春江的静水流深、清澈见底，也隐晦地跟好友倾诉自己对家乡的思念。

信写好了，徐熥熄灭灯火，进入了梦乡。明日一早，他就要从桐庐顺着富春江赶往杭州，而后在杭州经京杭大运河赶往京师（今北京）。

参考文献

李圣华：《晚明六诗人生卒考》，《古籍研究》2000年第4期。

姜亮夫校注：《屈原赋校注》，人民文学出版社，1957年。

刘乃昌评注：《宋词三百首》，中华书局，2010年。

千年钓翁，十里将台

千年前，一位名叫严子陵的钓翁来到富春江畔，他披着羊裘，在这里种田钓鱼，让后人记住了他"不事王侯"的高风亮节。后来，卸下了铠甲的谢翱来到了严子陵钓鱼的地方，为"碧血丹心"的民族英雄文天祥哭祭。钓台也由此分为东、西钓台，这里既可见到隐士的高风亮节，还能感受到爱国精神。

一、子陵台畔乐无涯

钓台诗
〔北宋〕范仲淹

汉包六合罔英豪，一个冥鸿惜羽毛。
世祖功臣三十六，云台争似钓台高。

北宋景祐元年（1034），范仲淹被贬到严子陵钓台附近的睦州任知州。此时这里还只是一个地方小郡，但范仲淹并没有因为被贬而气馁。相反，他看到了这里的江山胜景，爱上了"令人思杜牧，无处不潺湲"的富春江水。不仅如此，到任后，他还命人修缮了严子陵祠堂，以纪念严子陵的高风亮节。

明道二年（1033）十二月，郭皇后误伤宋仁宗。在与皇后有隙的宰相吕夷简的撺掇下，宋仁宗执意废后。范仲淹想要面见宋仁宗，反对其废后，却遭到吕夷简的阻挠。而后，他被贬为睦州知州。

景祐元年正月，范仲淹前往睦州上任。他从京都汴梁（今河南开封）出发，经汴水、淮水，从京杭大运河南下，到达杭州。然后溯钱塘江，向着钱塘江上游驶去。

钱塘江自西向东流入杭州湾。南北两源新安江、兰江在建德汇合。自建德往后，往东下行至浦江口东江嘴的河段称富春江。泛舟富春江上，范仲淹就见到了"天下独绝"的"奇山异水"。

富春山是极典型的江南的山，就像是江南出来的文人，灵秀中带有耿介的风骨。它没有刀劈斧砍一般的险峻，只有瘦硬的山石掩映在浓绿的野树林间。富春江水伴着富春山潺湲流动，山水相依，刚柔并济。增一分山太硬，多一缕水太软，一切都是刚刚好的样子。

范仲淹站在船上，顺着江望去，在一片深绿浅绿的背景中，猛地看到一块能容百多人的大石坪，突兀地嵌在山水之间。范仲淹明白，这石坪就是严子陵钓台了。钓台在山的最前边，临着江水。其上并无山树遮掩视线，视野开阔。想来登上钓台俯瞰，便可将这富春江的美尽收眼底。

钓台之上，有严子陵祠堂，祭祀的是东汉时隐居在此的名士严光。刚好此时睦州本地的民众正在祭祀。他们唱着柳永的《满江红》，载歌载舞地去迎神。还未到钓台，范仲淹就听到断断续续的歌声：桐江好，烟漠漠。波似染，山如削。绕严陵滩畔，鹭飞鱼跃……

他不由得感慨："江山如不胜，光武肯教来？"严子陵抛去功名利禄，汉光武帝延请而不入朝，渔樵于富春山间。这足以证明，富春江山水确实如柳永词中这般美好，才引得严子陵到此隐居。

遥想当年，严子陵就是在这江上垂钓，范仲淹心情激荡。他想，自己不擅长音律，就撰写一首绝句以酬神吧！于是吟出："世祖功臣三十六，云台争似钓台高。"

他又想，严子陵能守冰雪之节操，对至尊延请都置若罔闻，处之泰然，这种清高安贫、富贵不移、威武不屈的气节是何等令人钦佩！汉光武帝能网罗天下英豪，严子陵与他一同睡卧，把脚放到他肚子上，他也不以为意，并不责怪。这等胸怀广阔的明君是何等令人向往！

到了钓台附近，范仲淹才看到严子陵祠堂四周荒草丛生，有很多地方都已倒塌。原来，严子陵祠堂并没有太多人知晓，由于年久失修，早已破败不堪。他想，严子陵的气节令人钦佩，他的祠堂怎么能这么破败呢？应该把他的祠堂整修好，向世人弘扬严子陵的气节，向他学习。

到任后，他即拨款命人修缮严子陵祠堂。祠堂修好后，又免除了严子陵后裔的徭役，让他们负责祭祀的事情。他还找来会稽有名的僧人悦躬，画好严子陵的画像，将其挂在祠堂中。他亲自为严子陵祠堂写了《严先生祠堂记》，在其中歌颂严子陵：

云山苍苍，江水泱泱。先生之风，山高水长。

后来，范仲淹调任苏州知州，途经钓台。他登上钓台远眺，只见山林间绿意已浓。蓝天白云之下，入目是大块大块深深浅浅的绿，偶尔会见到几树或红或黄，开得极灿烂的山花，在青山绿水间极抓人眼球，给这清幽的仙境增添了几分活泼。江水也被山林染绿，成了一条流动的碧玉长带。在江水平静和缓处，江面就成了一面镜子，青山白云映照其中。一群白鸟飞过江面，划开点点涟漪。山脚的村庄屋舍俨然，炊烟袅袅。

范仲淹身旁的徐生是山脚村庄里的人，他说那叫白云村，是唐时的处士方干的隐居处。方干是睦州青溪（今浙江省杭州市淳安县）人，才华出众，为人耿直，但因朝廷腐败不被重用，才在睦州隐居。后人赞叹他"身无一寸禄，名扬千万里"。听了徐生的话，范仲淹很感兴趣，准备前往白云村一访。

方干的子孙后裔大多身穿儒服，谈吐不凡。还有一个名叫方楷的人，刚刚考上了秀才。范仲淹很惊讶，他没想到，近三百年过去了，方干的子孙还传承着方干的文脉。方干传承下来的这种热爱读书的精神很值得学习，将之弘扬开来，有利于发展睦州的文化教育事业。

于是他送了方楷一首《赠方秀才楷》，在其中夸赞方氏一族"邻里多垂钓，儿孙半属文。幽兰在深处，终日自清芬"。还应方楷的请求，写了一首《留题方干处士旧居》："风雅先生旧隐存，子陵台下白云村。唐朝三百年冠盖，谁聚诗书到远孙。"而后，将方干的画像也挂在了严子陵祠堂的东壁。

高山云缭雾绕，郁郁苍苍，富春江水浩浩汤汤，这样的山水美好得让人心生向往。严子陵先生的品德令人钦佩，而为严子陵修缮祠堂的范仲淹，又何尝不让人钦佩呢？

二、一蓑烟雨一竿月

鹊桥仙

〔南宋〕陆游

一竿风月，一蓑烟雨，家在钓台西住。卖鱼生怕近城门，况肯到红尘深处？　　潮生理棹，潮平系缆，潮落浩歌归去。时人错把比严光，我自是无名渔父。

严陵山，又名富春山，位于浙江省桐庐县南（今富春江镇）。山腰有两块盘石，称为东、西钓台，各高百余米，巍然对峙，耸立江湄。严陵山临富春江，山下有严陵滩。

东汉时期，严子陵拒绝汉光武帝刘秀的征召，隐居在富春江畔。他不愿入仕，只想披着羊裘在江边钓鱼，做一名自由自在的渔父。后人敬佩严子陵的高风亮节，将他隐居的山命名为严陵山，垂钓的地方命名为严陵濑。

严子陵这个隐居在富春江畔的渔父受到不少人的追捧，富春江、钓台等地也成了人们隐居的理想之地。

唯有一人，他和严子陵一样在钓台附近居住，一样在富春江边垂钓，却在别人将他比作严子陵时说："错了，错了，我不是严子陵，只是一个无名的渔父。"这人便是陆游。

富春江畔，两岸青山连绵，江水碧绿如蓝。钓台附近，一位渔父身披蓑衣，头戴斗笠，手持鱼竿在钓鱼。忽地，他一拉鱼竿，一条活蹦乱跳的鱼儿就跃出了水面。这人将钓得的鱼儿放进已有数条大鱼的鱼篓里。他掂掂鱼篓，觉得差不多了，便拎着鱼篓去换米粮。他只愿过潮生时打鱼，潮平时系缆，潮落时归家的闲适生活。

这是陆游在《鹊桥仙》（一竿风月）中塑造的渔父形象，体现了他不得不退居江湖的无奈心境。

南宋乾道八年（1172），秋风乍起，可心寒更胜天寒。

陆游没想到短短八个月的幕府生活就这样结束了。这几年来，贬官、流放、入府，就像是一场梦。

七年前，因为张浚北伐失败，陆游被视为其同党遭到贬官。两年前，被朝廷派去主管农事，被当时川陕宣抚王炎看中，纳入府中谋事。而后，王炎托陆游草拟驱逐金人、收复中原的战略计划，陆游写就《平戎策》。在《平戎策》中，他详细分析了收复中原的战略，给宋高宗分析北伐利弊，期盼能说服他北伐。可此时朝廷中主和派势力强大，宋高宗也无意北伐。因此，王炎被调回京都，其幕府也被解散。第二年暮春，陆游无奈，只好乘船返回故乡山阴。

如今的陆游已不再年轻，很多事情都心有余而力不足了。他想起自己十六岁参加科举，遇到秦桧阻拦，在而立之年才入朝做官。先为皇帝宠臣，然而一夜间又被贬流放。他失望了，不知自己还能为大宋做些什么。

他坐在船上，悲叹大宋残破的半壁江山。百姓从曾经的呼天抢地，到如今的平淡生活，好像什么都没有发生，忘记了失去故国的伤痛。

正是暮春时节，船越往南走，沿途的风光越好看。可原本富有魅力的山水，如今在陆游眼里就像是失去颜色的黑白图画。似乎万物都忘记了南渡的伤痛，只有陆游一人还记得靖康之耻，渴望收复中原。有一刹那，他甚至开始怀疑自己是否应该坚持主战，是不是向主和派妥协，自己就能被朝廷重用？

陆游心烦意乱，所有的事情都涌上心头。这时船家对他说："前面就快到桐庐了。如今正是开河捕鱼的时候，往来的船只多，您要坐好了。"

陆游应了船家的话，便坐稳了，打算好好看看这富春江春捕。

不一会儿，江面上的渔船多了起来。渔家养的水鸟在水面上扎着猛子。此时，渔船你来我往，鱼儿在渔网里扑腾出片片水花，热闹极了。

看了一会儿，陆游就笑了。这可真是赶上好时候了！渔网里的鱼儿多是鲥鱼，如今正是鲥鱼最鲜美的时候。

富春江水产丰富，渔业发达。江浙一带爱吃鱼虾水产，鲥鱼便是鲜中佼佼者。顾起元《客座赘语》卷一中就记载："鱼之美者，鲥鱼。"

每年五月中旬，鲥鱼会进入钱塘江，然后上溯至富春江产卵。富春江的渔民们便会趁渔汛时捕捞鲥鱼，爱鱼鲜的江浙百姓这时就有口福了。《咸淳临安志》卷五十八《物产》记载："鲥，六和塔江边生者极鲜腴，江北者味差减。"

北宋衢州人赵抃作《和美毗陵鲥鯋之美》道："江南鲥鯋客夸肥，公到常州鲙熟时。见说桐江鱼亦好，昔贤多作钓台诗。"桐江鱼，说的就是到富春江产卵的鲥鱼。因鲥鱼的鲜美，赵抃对昔日贤人只顾写钓台诗感到可惜，认为他们更应该对鲥鱼大书特书。

陆游也这么想，说不定严子陵就是为了这鲥鱼才选择在富春江隐居，做一名渔父。他向一名渔人买了一条鲥鱼，继续向前。

前面就到严子陵钓台了。当年隐匿山中的严子陵也是在这样的环境中钓鱼的吧！他又想到了《楚辞》中渔父问屈原的那句话："世人皆浊，何不淈其泥而扬其波？众人皆醉，何不餔其糟而歠其醨？"屈原答道："安能以身之察察，受物之汶汶者乎？"

陆游自问，为什么不随波逐流以得高位，反而要坚持主战，落得仕途坎坷？不甘心啊！怎么能为了高官厚禄就放弃自己一直以来的坚持？也是《楚辞》中渔父所说点醒了陆游："沧浪之水清兮，可以濯吾缨；沧浪之水浊兮，可以濯吾足。"既然做不到随波逐流，不如就在这富春江边做一名渔父吧！以清澈的富春江水洗去心上的尘埃，洗去蝇营狗苟的功名之念。

陆游心想，那些人追名逐利，在阿谀奉承之间赚得名利地位，又有什么乐趣呢？既然不能在抗金战场上跨马提枪，那就不如洒脱一点，在这富春江边隐居，每日持一竿风月，披一蓑烟雨，享鲥鱼美味。他当即填下一首词："一竿风月，一蓑烟雨，家在钓台西住……"

提笔写完，陆游大笑。周围的鱼群被他吓得一惊，但他管不了这么多，失落之后的洒脱很难得，他在之后的岁月中会珍惜这样的洒脱。而可贵的是，在泪流成河之后，能够安然洒脱；洒脱之后，还能依旧跨马提枪，与每个大宋人同仇敌忾。

三、诗人恸哭钓台西

西台哭所思
〔南宋〕谢翱①
残年哭知己,白日下荒台。
泪落吴江水,随潮到海回。
故衣犹染碧,后土不怜才。
未老山中客,惟应赋八哀。

浙江省桐庐县城南十五公里处,富春江北岸,两块百余米高的岩石像两个巨人一样屹立在富春山麓。东面一块称为东钓台,也叫严子陵钓台,因东汉高士严子陵隐居于此拒不出仕而得名。西面一块面朝富春江,称西钓台,因南宋遗民谢翱在台上的一场痛哭而被世人铭记。

元至元二十六年(1289)十二月初九,中午,寒雨纷纷,风高浪急,一艘小船在富春江上漂摇不定。船夫拼命地摇橹,船内,谢翱和同为南宋遗民的方凤、吴思齐、冯桂芳等人面面相对,均是一脸焦急:我们能否到严子陵钓台?这样的天气,如何为文公设祭?

这天是文天祥殉难之日,他们几人要到严子陵钓台的荒亭旁为文天祥设祭。但没想到天气这么坏,仿佛老天也在为文天祥感到悲伤。

文天祥是抗元英雄,他对谢翱有知遇之恩,也是谢翱的知己。南宋德祐二年(1276)正月,都城临安(今浙江杭州)被元兵攻陷。七月,谢翱得到右丞相文天祥举兵勤王的消息后,当即献出全部家产,并招募乡兵数百人,到南剑州(今福建南平)投奔文天祥。谢翱被文天祥委任为咨议参军。于是他便跟随文天祥抗击元军,转战于闽西龙岩、广东梅县、江西会昌等地。

① 谢翱(1249—1295),字皋羽,一字皋父,号宋累,又号晞发子。

后来，文天祥兵败撤退，在赣州章水上与谢翱分别。临别时，文天祥赠予谢翱一方端砚，鼓励他成为正直端方的君子。谢翱再得到文天祥消息时，已是元至元十九年十二月（1283年1月）了。

这时，文天祥已经殉难。谢翱听说后，无比悲愤。当时他正在苏州，想起文天祥曾在苏州开府执事，于是在姑苏夫差台祭奠文天祥，痛哭一场。后来，他常常独自一人在富春江附近行游。见到与文天祥握别时相似的景物时，便徘徊顾盼，失声恸哭。每年的十二月初九文天祥祭日，谢翱都要为其设祭。

在焦急的等待中，船靠岸了，他们上岸到严子陵祠堂避雨。此时的严子陵祠堂因久无人来，早已荒芜。只见坏墙枯井，杂草丛生，好像进入坟墓当中。见到这样的景象，他们更是难掩心中悲伤。

午后，雨停了。他们手里拎着酒和祭祀用具，自山脚拾级而上。山道盘曲，步步艰难，可他们还是咬着牙登上了严子陵钓台。

到钓台时，已是黄昏。日落西山，天凉风急。山林间树木疯长，小亭子和高台隐藏在荒草枯林中。严子陵钓台孤绝千丈。往左数百步，有一块兀立的大岩石，翠壁丹崖，奇幽入图。

谢翱等人无言地安放好文天祥的牌位，然后下拜行礼。祝诵完毕后，又大哭三声，然后再下拜，起立。谢翱心情沉重，泪水打湿了前襟。他呜咽着用衣袖擦干眼泪，倚着荒亭的柱子远眺，希望能平复心情。

乌云重重，天色阴沉。才下过雨的大地又湿又冷，山林间笼着一层灰白的雾气。隔岸荻花瑟瑟泛白，江枫枯红。江边群山青碧，倒映在江中，江水也被染成碧色。江上烟波浩渺，帆影翩跹。清澈的江水翻涌着，漾起阵阵雪白的波涛。

看着富春江翻涌的潮水，谢翱心中更添悲伤。他觉得当年在姑苏流下的泪水都随着江水入海，如今又随着潮水返回，与现在的泪水融在一起。孔子说"逝者如斯夫，不舍昼夜"，潮水朝夕而至，永无休止，自己的泪水如此，对文天祥的悲悼也将永存世间。

想到这些，谢翱更难掩悲伤。他用竹如意敲打石头，唱着招魂之词："魂朝往兮何极，暮来归兮关水黑，化为朱鸟兮，有咮焉食？"

他边唱边哭，声音越来越大，唱到后面浑身都在颤抖。等到他唱完，竹如意都碎了。后来他在钓台的西边写下了《西台哭所思》："残年哭知己，白日下荒台……"

看着青碧的江水，谢翱想：忠心之人如苌弘，死后三年，其血化为碧玉。文公忠义浩气，与世长存。如今距离文公殉难已有七年，想必他的旧衣早已染上了碧色。可恨皇天后土不爱惜人才，让文公早早逝去。偏偏留下我这无用之人，埋迹山林，无所作为，只能赋诗悼念文公，凄伤彷徨。真是恨不得早早老去，陪文公在另一个世界跨马提枪，再抗元军。

谢翱看着文天祥的牌位，久久不愿离开。直到傍晚时分，江边开始下起雪来，这五人才不得不离开。回去之后，谢翱将今天的经历写成《登西台恸哭记》。他还在钓台以南买了一块地，对人说，希望这是他的埋骨之地。

死前，他对妻子说："葬我许剑之地。"

许剑之地，指的就是钓台以南那块地。其中有个典故，说的是春秋时季札出使鲁、齐、郑、卫、晋，途经徐国。徐国国君很喜欢季札的宝剑，季札便在心中允诺，等他出使归来时，将宝剑赠予徐国国君。没想到他返回时，徐国国君已经亡故。季札便将宝剑挂在徐国国君墓旁的松树上。

挂剑酬心，以完许剑之愿，季札不失其信。谢翱许愿埋骨钓台南，则是为了追随文天祥。

方凤、吴思齐等人便遵照他的遗嘱，将他葬于严子陵钓台南，还在他墓前修建许剑亭。后来，钓台南许剑亭成了后人心中的忠信之地，亭柱上刻有一联，写的是"君恩故人重；帝座客星明"。后人敬佩谢翱的义举，将他哭祭文天祥的高台称为西钓台，并称赞说："东西钓台，名垂千古。"

四、千秋两地一渔竿

登子陵钓台
〔清〕褚廷璋①

几人高倚石阑看，绝顶荒台数百盘。
山色剩分残照紫，江波留映客星寒。
苍凉雪月贤王馆，寂寞弓刀大将坛。
只有磻溪殊出处，千秋两地一渔竿。

范仲淹《严先生祠堂记》中写的"云山苍苍，江水泱泱。先生之风，山高水长"，使得严子陵钓台名扬四海，引得无数人攀登在钓台的山道上，去追逐他笔下"贪夫廉，懦夫立"的太平盛世。清朝诗人褚廷璋就是其中一人。

① 褚廷璋，字左莪，号筠心，长洲（今江苏苏州）人。

清乾隆二十七年（1762），乡试过后，秋高气爽，正适合登高。

富春江边，褚廷璋和几位好友登上了钓台，正坐在亭中歇脚。

明正统年间，严州知府万观在东、西钓台各建了一座亭子，并刻石为额。东台亭刻的是"不事王侯"。明末，东西两亭都因战火损坏了。清乾隆十九年（1755），东台亭重建，石额更改为"垂竿百尺"。"不事王侯"和"垂竿百尺"，说的都是东汉高士严子陵的故事。

严子陵与刘秀是朋友。刘秀即位为光武帝后，严子陵披羊裘，钓于泽中。光武帝征他为官，他不应，而是隐居富春江畔。他曾与光武帝共卧，将脚放在光武帝的肚皮上，光武帝也不曾怪罪他，反而在太史上奏"客星犯御坐"时笑着说："朕故人严子陵共卧耳。"

褚廷璋遥想当年严子陵事迹，忍不住心生向往：有严子陵这样不慕富贵的贤人，光武帝这样宽厚的君王，这光武帝一朝是何等的盛世啊！褚廷璋在今年乡试中考取了举人，只等明年春闱一举考中进士，就能够步入仕途了。此时的他前程在望，意气风发。在他看来，如今正是光武帝朝那样的盛世，乾隆皇帝就是光武帝那样宽厚的盛世明君。只要他能够步入仕途，就一定能得到重用，一展所长。

钓台的顶端平坦如砥，状若石盘，可坐数十人。立于钓台之上，也可以一览富春诸山。褚廷璋几人倚着亭子的栏杆，向钓台外望去。

此时已是黄昏，夕阳将要落尽。晚霞从极尽绚烂的火红金黄逐渐黯淡成暗紫色，就像是火焰燃尽，剩下微微余烬。只有些许紫红色的晚霞还飘在天际，映在山尖。一弯苍白的月挂在天上，像是月宫中下了一场铺天盖地的雪，让人打心眼里觉得寒凉。

一颗新出现的星星亮晶晶，忽闪忽闪的，让人无法忽视它的存在，就连富春江中也留下了它的倒影。可瞧着也是冷的。山间、江上泛起水雾，云烟迷蒙，富春江两岸群山挨挨挤挤成了一片。只是从东钓台看去，西钓台孤零零的，显得有些寂寞了。

看着这晚景，褚廷璋心中十分感慨。他沉声吟诗："只有磻溪殊出处，千秋两地一渔竿。"

星月冷清，衬得钓台也寂寞了。不过英雄总是寂寞的，倒也契合了谢翱的身份。元至元二十六年（1289），谢翱在西钓台设祭坛哭祭文天祥。当时，文天祥已殉难七年，崖山海战也已过去十余年，身为南宋遗民的谢翱家国破败，故交零落，怎么能不寂寞呢？

英雄俱往矣，严子陵钓台犹在，磻溪（在今陕西省宝鸡市东南）之畔至今也保留着姜太公钓鱼时的钓台。千载岁月中，两地都留有对垂钓者的追思。严子陵耕渔于富春江畔，披羊裘钓泽中，与汉光武帝互相成就。姜太公吕尚隐居磻溪，贤才待用，垂钓于渭滨，以没有鱼饵的直钩，钓来了周文王这样的明主。

正如范仲淹在《严先生祠堂记》中所说："微先生，不能成光武之大，微光武，岂能遂先生之高哉？而使贪夫廉，懦夫立，是大有功于名教也。"

念及此，褚廷璋想到了自己的老师沈德潜。沈德潜考试的运气不太好，直到乾隆四年（1739）才以六十七岁高龄得中进士。但他仕途却顺，凭借诗才得到了乾隆皇帝的喜爱，被称为"江南老名士"。乾隆皇帝与自己的老师沈德潜，何尝不是另一对汉光武帝和严子陵呢？

想到这里，褚廷璋振奋起来了。在这样的盛世，有这样的明君，自己何愁不能建立一番功业，成就千秋身后名呢？自己要更为刻苦地读书，考中科举，报效国家。

此时再看向夜色下的江水，褚廷璋只觉热血沸腾。他仿佛能听到有人在念范仲淹的文章。转头一看，竟是一名好友看着江景情不自禁地在吟诵。褚廷璋笑了笑，和他们一起念道："云山苍苍，江水泱泱。先生之风，山高水长！"

天黑透了，落日的霞光都已收尽。褚廷璋等人提着油灯下山去了。

乾隆二十八年（1763），褚廷璋考中进士，后官至翰林院侍读学士。

参考文献

曾枣庄、刘琳：《全宋文》，上海辞书出版社，2006年。
刘乃昌评注：《宋词三百首》，中华书局，2010年。

第三编 新安江

江水清澈，天下独绝

新安江，是钱塘江的上游，古称渐江、浙江，发源于安徽徽州，东入浙江省西部，之后在建德与兰江汇合，全长三百七十三千米。新安江是整条钱塘江的源头，江水极清澈，船行其间，就好比在空中穿行。两岸有朱池、落凤山、千岛湖、梅城等胜迹。早在南北朝时期，它就已经闻名天下。

愿以江水洗君尘

新安江至清浅深见底贻京邑同好
〔南朝〕沈约[1]

眷言访舟客，兹川信可珍。洞澈随清浅，皎镜无冬春。千仞写乔树，万丈见游鳞。沧浪有时浊，清济涸无津。岂若乘斯去，俯映石磷磷。纷吾隔嚣滓，宁假濯衣巾？愿以潺湲水，沾君缨上尘。

新安江自古清澈见底，因其含沙量只有万分之一。它从山间潺潺流出，经过安徽，在杭州境内奔腾向东，成为钱塘江的上游。新安江古称渐江、浙江，又称徽港，让它名满天下的是南朝诗人沈约。

[1] 沈约（441—513），字休文，吴兴郡武康县（今浙江湖州德清县）人。

沈约像

齐隆昌元年（494），沈约离开朝廷，在上任途中泛舟新安江。一路上，他只觉得山清水秀、桃红柳绿。

他偏头侧看，细细领略江边沿途美景，想要记住所有的景色，生怕错过一点儿。

碧水微澜的江水，无论从深处还是浅处看，都没有一点点浑浊；江水仿若明镜，不沾染一丝尘埃，往下看去，清澈见底。往江面看去，两岸山峰上苍松碧树的倒影清晰可见；俯视深幽水底，倏忽往来的游鱼络绎不绝，正在悠然自得地嬉戏跃动。

他一边欣赏美景，一边回忆自己入仕以来的种种过往。去年，齐国储君之位尚空，皇帝萧赜则有意传位给二子萧子良。沈约和萧子良都是"竟陵八友"的成员。他们都雅好文学，经常在西邸集会，平时还召集很多文人，整日沉浸在诗词歌赋之中。正是有了这样的感情基础，他们必定要帮助萧子良登上皇位。

可最终竟陵王萧子良在激烈的帝位之争中惨败，"竟陵八友"也不好过。作为其中的主要人物，沈约被流放外地，贬为东阳太守。东阳郡地处新安江以南，从京都建康到东阳需向西南方行进，还需渡过新安江。这才有了沈约的新安江之行。

江山清秀的风光让沈约无限向往。这清澈的江水是否能洗去一身的悲痛，也洗去宦海沉浮的尔虞我诈？沈约真想将这江水寄给自己的好友们，于是他写下诗句："愿以潺湲水，沾君缨上尘。"

沈约的《新安江至清浅深见底贻京邑同好》一诗，将新安江水的清冽彻底告知世人，同时也将自己想要用这清水洗涤灵魂的愿望抒发了出来。

沈约想，这么多年来，自己何曾有过如此悠闲的姿态。此时，久在樊笼里的精神似乎获得了解放，鸟儿终于挣脱了桎梏飞向广阔的世界，字里行间洋溢着远离尘嚣的轻松愉快。沈约站在江边，更是抑制不住自己终于获得自由的欢快心情。碧水蓝天，他置身其中，只感觉神清气爽，由衷感叹自然的力量。

江水静静流淌，清澈如明镜，将诗人的心路看得很清楚。"洞澈随清浅，皎镜无冬春"，从此成为新安江闻名天下的第一名片。

新安江一如往昔，这里的人通过江边风景的变化来感受岁月的流逝。只有看见那换了又换的江边人，才知道岁月早已变迁了几个轮回。看得久了，沈约甚至会恍惚：新安江是不会被时间所影响吗？那水清得不论春夏秋冬，只要无风，都是平静无波，一眼见底。新安江的清，真是太令人着迷了。

江底的石头也看得清清楚楚，这样清澈的水，以前从未见过。北魏时期，鲜卑族人从青海湖迁居中原，称他们的湖泊清澈碧蓝，汉人也为之惊叹，称其为"仙海"，可依旧不及新安江。

两岸的高山清峻有力，像是拔地而起。山上满是千仞高的乔木，笔直坚挺。沈约想起当年竹林七贤自谓如竹，曲而不折。如今自己也像那山间的乔木，不畏风霜，傲然挺立。

沧浪之水有时也会浑浊，干涸时也会失去渡口。如今不如乘船顺流而去，俯身看着映在水中的石头。一直被愁绪裹挟的沈约盯着满眼翠绿，不自觉地嘴角上扬。他笑了，他感觉远离朝堂或许也是个不错的归宿。如果日日能看见这样的景色，生活又能差到哪儿去？

被新安江治愈了的沈约，时不时就到江边走一走。之后的日子中，沈约描写了新安江的清澈，称新安江两

新安江

岸"山光浮水至，春色犯寒来"。还登上玄畅楼，写下"落晖映长浦，焕景烛中浔"。不知道沈约多少次泛舟新安江上，寄情山水，对着清澈的江水一咏再咏。

沈约写景，不是模山范水，而是飘逸洒脱。南朝诗人的诗文多气格卑弱，山水诗虽蔚然成风，但格调不高。唯独沈约沿用谢灵运的手法，着重刻画山水，用精致工整的语言描写其秀美。

如此才将新安江的山水风光写了出来。

新安江也正是因这首诗而闻名天下。

山高滩险，汀洲难行

新安江地势险峻，江中常有险滩激流。屯溪以上多为峡谷，河形弯曲，右岸靠山，左岸多河谷平原，河面宽窄不一。新安江滩多、水浅、流急，深潭与浅滩相接，险峻与广阔并存。无论什么时代，这奇绝的山水都足以让人惊叹。

一、雪脊初晴看浅滩

新安江行
〔唐〕章八元①

江源南去永，野渡暂维梢。
古戍悬鱼网，空林露鸟巢。
雪晴山脊见，沙浅泪痕交。
自笑无媒者，逢人作解嘲。

新安江的冬景，干净又令人惊艳。那广阔的江面延伸到了天边，一眼望过去，看不见尽头，蜿蜒绵长而又旷阔深远。这景象使人平静，它让刚刚放弃入朝为官的章八元开始思考自己的一生。此情此景下的他终于明白：只有及时放下执念，才能放松心情，享受生命。

---

① 章八元，唐代诗人，字虞贤，桐庐县常乐乡章邑里（今桐庐县横村镇）人，唐大历六年（771）进士。

唐大历十一年（776），章八元下了决心，拜别好友，站在京都城楼下，回头注视着那络绎不绝的人流，心中想的是不知道此生还有没有机会重返京都。他要回家了！

或许这就是最后一次站在天子脚下也未可知。直至路过的行人扭头向他投来奇怪的眼神，章八元这才收回视线，头也不回地转身离去。

回乡路上还算顺利，饿了渴了，去老乡家叩门，一般都有所应，因此章八元心情不至于过分烦闷。江南的冬天给了章八元十分熟悉的感受，清冷的天气让他意识到离家越来越近。

章八元坐上了回家的小船，马上就要入浙，此时他回忆起在长安的时光。他自幼喜爱作诗，曾经偶然在邮亭题壁，恰巧被严维看到，便有了之后的师徒缘分。几年后，章八元不负所望，写诗作赋的水平日益精绝，常常被人夸赞。后来在长安慈恩寺，白居易还曾对他的题壁诗大加夸赞。

章八元还记得当年自己中举的情形。那时他头戴绢帽，帽插宫花，脸上挂着谦逊的笑容，频频向人鞠躬还礼。但略显激昂的声调，还是暴露了他欢欣的心情。那时的他还没有为钱财奔波的担忧，每日卧雪眠云，吟风弄月，日子过得十分快活。

可谁能想到他就算考中进士，也没有官做，如今决意归家，他心情还是有些失落的。

就在长吁短叹之时，船至新安江，天开始下雪了。天色渐暗，章八元只好在此上岸，准备明早再出发。原本他执意夜行，但是船家说前面有险滩，雪夜难行，这才作罢。

雪下了一整夜。清晨，天空放晴了。章八元坐在船头，凝视着两岸山上的积雪与冬日冲破云层的阳光。天地之间焕然一新，空山寂静……

入冬之后，新安江上往来的船只也变少了。章八元看着广阔而澄净的江面，看着几个悠然划桨的船夫，不禁有些羡慕他们。

船继续向前划去，景色随之变幻。章八元忍不住迅速将这种渐变捕捉下来。他被眼前的景象迷住了，不想急着赶路，反而想让船再慢些，悠哉游哉，切身感受一下江南的冬景。于是一首《新安江行》流传至今，一句"雪晴山脊见，沙浅泪痕交"让人念念不忘。

后人称他的诗"得江山之壮貌矣"。

二、奇绝江水在青天

新安滩
〔清〕黄景仁
一滩复一滩，一滩高十丈。
三百六十滩，新安在天上。

新安江发源于五股尖山，一道清流从山间流出。可新安江又岂是一个"清"字能说尽的？

新安江干流在安徽省境内，由屯溪向东北流入歙县境内，从西边进入杭州，此即钱塘江的发源地。屯溪以上多为峡谷，河形弯曲，右岸靠山，左岸多河谷平原，河面宽窄不一，在上游形成滩多、水浅、流急的河道。

同时，深潭与浅滩相接，险峻与广阔并存。由此形成的奇绝山水足以让人惊叹。

清乾隆三十八年（1773）的夏天，黄景仁又在去杭州的路上。刚过溪口镇，黄景仁就吵着要靠岸，同行的人看他一路都不安分，不是吵着去东岸看看，就是要去齐云山瞧瞧，终于不堪其扰，严词厉色地拒绝了他。黄景仁有些失落，但也只好作罢，因为此人是他的老师——邵齐焘。

他只好一个人在旁边暗自嘟囔：还想去看看镇上皇上曾到过的晒袍滩呢！

溪口镇堪称"七省通衢"之处，占据水陆交通的要道，为当地徽商往来各地提供了很大方便。杭州城所用的杉木、茶叶以及表芯纸、雨伞、仔猪等，多数都是来自安徽，它们由徽商汇聚在此处，再经水路转销江浙。

可是一出徽州，江中就开始有险滩和激流出现。

邵齐焘本不是如此严厉之人，自己的学生本就生性顽皮，如今几次科考不顺，还能像少年一样天真，实属难得。邵齐焘几次想要开口，却不知该说些什么。

过了淳安县，一路上滩潭交错，水流也变得湍急起来。黄景仁在船尾更觉颠簸，这是他第一次来到钱塘江上游，没想到竟然如此颠簸难行。岩石陡峭，水流湍急，小船一上一下地摇摆不定。好像每经过一滩就增高十丈，不过一会儿又跌落下来。

如此滩多势险的江流，真是难得一见。

第三编 新安江

借問新安江，見底何如此。人行明鏡中，鳥度屏風裏。

太白詩句 賓虹畫

黄宾虹《新安江》

黄景仁不由得又要和老师打趣一番。他转头看向老师，此时邵齐焘没有心思感叹新安江水奇绝，正在思考自己是不是让黄景仁生气了。可黄景仁却以为老师是因为路途颠簸，有些不适，才会如此严肃。

他稍作思考，便朝邵齐焘逗笑道："老师，我向来知道您文辞皆通，如今考考您算术如何？"邵齐焘一怔，乐道："难得你今日开怀，那就试一试也无妨。"黄景仁细细想来，心中忽然一动：不如作诗打个谜题，于是吟道："一滩复一滩，一滩高十丈。三百六十滩，新安在天上。"

黄景仁问道："新安江究竟有多高？"邵齐焘笑他还是个小孩子，明明刚刚说完"新安在天上"，这谜底不就在诗里吗？于是他故意说道："和天一样高！天有多高，江就有多高！"说完，二人相视，哈哈大笑。

江上的小插曲将二人旅途中的乏累一扫而光，他们的心情也变得好了起来。黄景仁看着面前的大好河山，想到恩师邵齐焘曾作诗教诲自己要宽容应对世俗，希望自己用乐观的心态面对生活。

这一瞬间，他感觉明白了恩师的良苦用心，不由地感叹道："还是活着好啊，如此美景见不到岂不是可惜？"邵齐焘点头说："有此感悟，说明我们这一趟没白走啊！"

徽杭之界,渔人之乐

新安江上船只往来,两岸人家自得其乐,渔人便成了这山水之间的享受者。由于独特的地形,以及山谷特有的地貌,形成了新安江上特有的生活方式——人们多喜生活在渔船之上。在明清时期,新安江是徽商入杭之路。多元文化的介入,让两岸的民风民俗呈现出与众不同的魅力。

一、风清谷峻游鱼净

新安江路
〔唐〕权德舆①

深潭与浅滩,万转出新安。
人远禽鱼净,山深水木寒。
啸起青蘋末,吟瞩白云端。
即事遂幽赏,何心挂儒冠。

唐元和八年(813)的四月,钱塘的暮春风光让人感叹落花流水春去也。而此时,新安江两岸桃花盛开,江鱼肥美。这里地势较高,两岸青山像是有意挡住春风,让新安江的春日来得晚一些。

① 权德舆(759—818),字载之,天水略阳(今甘肃天水秦安县)人。

盛唐时，新安江的清澈就已天下闻名。孟浩然游览江浙，就曾写下"湖经洞庭阔，江入新安清"。随后，李白在意气风发之时下江陵，也赞叹江水清澈，可这清冽的江水和两岸的群山让他不由感叹"向晚猩猩啼，空悲远游子"。其实在这山高水清、滩多势险的地方，两岸居民安居乐业，正是靠这江春水繁衍生息。

还有人说，山里的时光总是能多停留一会儿，其实不是时间走得更慢了，是这山间百姓每日都悠哉游哉，不像长安百姓每日奔忙劳碌，总是脚步不停。

从这一年正月开始，权德舆被罢相贬官，他在宦海沉浮了三十余年，终于落得一个清闲。权德舆出身名门，其父见过大唐盛世，也经历了安史之乱。如今他装着一肚子的心事，担忧朝政，也担忧大唐的未来。

唐人喜爱追随名人足迹远游，权德舆虽爱静谧悠远的景致，但嫌写出"千山鸟飞绝，万径人踪灭"的柳宗元的永州太凄清，唯有众人赞叹的杭州才好，便在赋闲之际来到江浙，看看谪仙人曾经夸赞的水乡风光。

可山水之美因人而彰，权德舆渴望追随的不仅有诗仙李白的脚步，还有他遗留在江南的盛世风度。可权德舆没有预想到，这杭州的山水会这样让他流连忘返。这天，权德舆雇了一艘小船，泛舟新安江，找到了一份难得的清闲。

泛舟江上，两岸春光无限，满目青山春花，农家在远处掩映着，岸边偶有牧童放牛饮水。渔翁在沙汀之上静待鱼来，水鸟也落在竹排之上。不承想在安史之乱后的大唐，还有如此岁月静好的地方。

年轻的时候，权德舆渴望自己有一天能归隐山林，期望找到一片存在于纯粹诗歌中的山水世界，有一种万籁俱寂、万物洗然的美。越往山里走，温度变化越明显，即使是春日，那股属于大自然的清冷气息也扑面而来。这洗练的山水和两岸静寂的村庄，不就是权德舆最喜欢的吗？

坐在船上的权德舆，整个人似乎都变得比以前更轻盈了，全身心洋溢着一种安稳的气氛。行役羁旅的辛苦，使五十四岁的权德舆更加向往闲适安静的生活。

他正陶醉在江南水乡的风光之中，转眼险滩迎面而来。浪花翻起，湍急的水流拍打着小船，江水在与礁石的碰撞中发出呼啸。

新安江两岸的风景如画卷般安静，而这江水又如此灵动。在这一静一动之间，权德舆不由得在心里感叹："人远禽鱼净，山深水木寒。"

新安江曲折蜿蜒，一路上又多险滩，而且高山连绵，让权德舆想到了"啸起青蘋末，吟瞩白云端"的诗句。他渴望插上一对翅膀，能掠过江面，直冲云霄，在群山最高点俯瞰整个江景。

这是因为，在行船之际，当地的船家给他讲了新安江两岸的百姓得知春到，既不是看杨柳抽条，也不看江水鱼肥，而是听三声鸟叫的传统。船家给权德舆指了指时而掠过天空的黑影。权德舆仔细一看：这不就是麻雀吗？

新安江两岸的居民相信，如今这里鱼米丰收，是因为麻雀在很久以前衔来稻谷。每到春日，麻雀都会在枝头鸣叫,提醒两岸居民不要忘记春耕。

权德舆知道这春日的鸟儿满载着百姓对一年好收成的期许和对烂漫春日的期盼。而且这鸟儿翱翔天际,又可将两岸风光尽收眼底。整日和这江南美景作伴,谁还会想着入朝做官?

在新安江游玩之后,权德舆又泛舟富春江。那里的景色和上游完全不同。富春江两岸开阔,山峰不似新安江的那样高耸入云,也不如其陡峭,更像一幅画师笔下流畅如水的画卷。

游览富春江时,权德舆将富春风景记录在《早发杭州泛富春江寄陆三十一公佐》一诗中:"候晓起徒驭,春江多好风。白波连青云,荡漾晨光中。"相较于富春江的山水如画,权德舆更喜欢新安江的两岸风景。那里山峰峻秀,小村民风淳朴,两岸风光既有山林的清隽和冷冽,又带着仙风道骨的气质。

二、落花时节在梅城

睦州四韵
〔唐〕杜牧[①]

州在钓台边,溪山实可怜。
有家皆掩映,无处不潺湲。
好树鸣幽鸟,晴楼入野烟。
残春杜陵客,中酒落花前。

在唐代,睦州是江南东路下设的州治,下辖新定、桐庐、淳安三县。新定县所在的位置,就是如今的杭州建德。整个睦州所管辖的区域,包揽新安江两岸。杜牧曾到睦州做刺史,为百姓鞠躬尽瘁。

[①] 杜牧(803—852),字牧之,号樊川居士。

北宋时，柳永曾在睦州做县令。方腊起义之后，睦州改称严州。南宋之后，严州又改为建德，雅称为"梅城"。这是因为古严州府的沿江城墙有一段砌筑成梅花形的雉堞，文人雅士便称"天下梅花两朵半，北京一朵，南京一朵，严州半朵"。随着严州的不断发展，新安江也成为钱塘江上游的画廊商路。

暮春时节，钱塘江两岸的春花过了花期，不像前一个月那样艳丽了，可此时上游的春花开得正好。

杜牧忙完公事，正好趁着暮春时节泛舟新安江上。他到睦州已有一年的时间了，此时国库亏空，朝廷只好向南方增收官税来填补。杜牧这一年就为此事一直上书朝廷，如今终于有了眉目，他才有心思出来看看他心仪已久的河山。

乘舟顺流而下，新安江两岸的春景美不胜收。杜牧心想，这个时候，长安的春花早就过了花期，没想到睦州却有"山寺桃花始盛开"的美。

新安江沿岸的春日偶有微风，阳光和煦，照得江边的高楼更加好看。一时间，杜牧为景所动，写下"残春杜陵客，中酒落花前"。

睦州在新安江、富春江、兰江三江交汇的地方。它北枕乌龙山，南临三江口。这样的秀丽景色是有无限魅力的。放到万里江山中看，凡是在三江交汇的城市，都呈现出一种文化兴盛和多元融合的气象。而这些东西，在含情脉脉的山水中格外惹人怜爱。

两岸的幽鸟、晴楼和淡淡野烟，如同画卷中的美景，船行其间，两岸景物便有了活力。高台在山影和远烟中

弄潮诗韵绕钱塘 HANG ZHOU

黄宾虹《新安江纪游图》

172

若隐若现。溪水遍布山石之间,潺潺流淌。小鸟在茂林中啼叫,晴光中的小楼上萦绕着缕缕野烟。杜牧如今忘记被贬的不愉快,只顾徜徉在山水之间。虽然如今是客居在此,但也被这美景陶醉,好像喝醉了酒,倒在了落花上。

然而面对这一江春水的美景,杜牧还是不免想起自己是个漂泊无依的人,他觉得这满江春光就缺了一壶好酒。杜牧来睦州一年,几乎喝遍了睦州美酒。睦州多山,又紧邻大江,湿气很重。当地人为了御寒,常年饮酒。可杜牧嫌这里的酒太甜,而且很醉人。他更喜欢长安的酒,够烈。

杜牧又想起自己虽出身名门,却壮志难酬,更是万般愁绪涌上心头。说起身份,杜牧是真正的京兆杜氏一族。京兆杜氏是望族,天下姓杜的都要以这一支为尊。对于一个名门望族来说,出身此家的后人是要出人头地,做朝中要员的。在此时,大唐的望族都想着荣华富贵,而杜牧的心里只装着天下苍生。

唐武宗服食丹药而亡后,唐宣宗即位。他掌握皇权后的第一件事,就是罢黜宰相李德裕。而此时的大唐正处于内忧外患之中,内有藩镇骚动起义,外受吐蕃各族侵扰。

这些事情,在杜牧眼中就像是一颗颗钉子,他不能忍受自己心爱的大唐就这样一蹶不振,于是多次直言上谏,因此得罪了唐武宗时期的宰相李德裕。虽然在这年三月份,李德裕失势被贬,但是朝中依旧有其党羽,杜牧也从黄州被贬到池州。

这年九月,四十四岁的杜牧又从池州来到梅城担任睦州刺史。既来之，则安之，如今在睦州任上，他照样能呵护一方百姓。

小船在江上漂着，杜牧一直到深夜才归家。他回想起刚到睦州的情形。那时，他还在这江南山水中感叹盛唐气象不再，终于在冬季的新安江，一个人喝醉了。于是他写下了"砌下梨花一堆雪，明年谁此凭栏干"，流露出他的抑郁情思。

初到睦州的他，发现睦州百姓正生活在水深火热之中。杜牧热爱大唐的山河，也爱这片土地上的百姓，他决定要一改此地风气，造福一方。

当时睦州百姓税赋繁重，于是杜牧冒死上谏，写了多封奏章给当时司盐铁的官员，期望降低税收，终使朝廷同意。在杜牧两年的任期中，他为官清廉，政绩显著，百姓无不爱戴。

一年下来，睦州百姓生活得越来越好。在杜牧眼中，两岸的风光也越来越美。闲暇时，他写下了不少咏叹睦州山水和新安江的诗句。有时他寄情山水，一吐自己的思乡之情，有时也讥讽朝政，关心大众疾苦，有时则和同僚酬唱应答。说到新安江美景，他曾有一首《题新定八松院小石》诗咏叹道：

雨滴珠玑碎，苔生紫翠重。
故关何日到？且看小三峰。

他只希望这样一个山清水秀的地方能在自己的治理下，恢复曾经的繁华兴旺。

参考文献

郑翰献、王骏编:《钱塘江诗词选》,杭州出版社,2020年。
刘乃昌评注:《宋词三百首》,中华书局,2010年。
蔡义江编:《绝句三百首》,浙江文艺出版社,2013年。

丛书编辑部

艾晓静　包可汗　安蓉泉　李方存　杨　流
杨海燕　肖华燕　吴云倩　何晓原　张美虎
陈　波　陈炯磊　尚佐文　周小忠　胡征宇
姜青青　钱登科　郭泰鸿　陶文杰　潘韶京
（按姓氏笔画排序）

特别鸣谢

王其煌　邵　群　洪尚之　张慧琴（系列专家组）
魏皓奔　赵一新　孙玉卿（综合专家组）
夏　烈　朱小如（文艺评论家审读组）

图片作者

王建青　邬大江　张　煜　陈　俊　贺勋毅
徐昌平
（按姓氏笔画排序）